마이크로스파이 앙상블

마이크로스파이 앙상블

Micro Spy Ensemble

이사카 고타로 소설 | 강영혜 옮김

차례

옛날이야기를 하는 여자

이야기를 듣고 싶어? 내가 그렇게 한가해 보이나. 뭐, 좋아. 하지만 기억도 희미하고 중요한 부분은 잘 모르니까 개운해지기는커녕 더 찜찜해지기만 할지도 몰라.

옛날 옛적, 멀고 먼 땅, 높고 높은 탑. 나는 그곳에 유폐되어 있었지.

탑에서 사는 것은 불편했어. 아니, 불편하다기보다 불쾌하고 무엇보다 불안했지. 뭘 어떻게 할 수도 없었어. 영원히 계속될 거라는 생각에 체념도 했어.

그런 곳에 날 구하러 사람이 와서 얼마나 놀랐던지. 믿어지지 않았지만 현실이었어.

그 사람은 정신이 아득해질 만큼 긴 시간을 초목을 헤치고 와주었지. 실제로 그는 지금 그 광장에 있는 조각상보다 훨씬 날씬했어. 아마도 용맹한 남자라는 인상을 주려고 풍

채 좋게 다듬었을 거야. 안 그래도 되는데.

여하튼 그는 갖가지 도구를 쓰고 기지를 발휘해 나를 구해주었어.

물론 추적자도 따라왔지. 얼마나 끈질겼는지 무서웠어.

뒤에서 쏜 무기에 맞아서 결국 불시착하게 되었지.

추적자가 조금씩 가까워질 때, 솔직히 이제 끝이구나 싶었어. 더는 수가 없었으니까. 절체절명이었지.

때문에 이렇게 오래 살아서 이런 식으로 옛날이야기를 하는 자체가 너무나도 신기해. 어떻게 살았냐고? 시치미 떼는 게 아니고 정말로 잘 모르겠어. 우리가 뭔가를 한 것도 아닌데 적이 사라졌거든.

그 틈을 타 그가 손을 잡고 이끌어주어서 다시 필사적으로 도망쳐서 여기 도착했지.

내가 말했잖아. 들어봤자 찜찜할 거라고.

일
년
째

임무가 있는 남자

집에 무사히 돌아가는 것까지가 임무입니다.

잘바닥거리는 바닥을 소리가 나지 않는 신발로 온 길을 되돌아가면서 에이전트 하루토는 어린 시절을 떠올렸다. 집에 돌아간들 부모님은 언제나 안 계시니 결국 근처에 불량배들이 모이는 장소에 가서 늦게까지 어슬렁거렸다. 싫은 일은 하고 싶지 않았다. 공부도 싫고 땀 흘려 운동하는 것도 싫었다. 자연히 나쁜 친구들과 빈둥거리는 시간이 늘었다.

"그러면 어른이 돼서 힘들어. 귀찮은 건 알지만 공부는 해둬." 선생님이 이런 말을 해주었다. 권위를 내세우지 않고 친근하게 대해준 사람이었다.

"네 인생은 한 번밖에 없으니까 소중히 여기길 바랄 뿐이야."

사춘기였던 하루토는 물론 들은 척도 하지 않았다. 대신 "난 글라이더가 좋아요"라고 말했다.

"글라이더?"

"엔진도 없이 목적지가 있든 없든 그저 우아하게 선회하면서 하늘을 나는 글라이더처럼 살고 싶어요."

선생님은 바보 취급하지 않고 "그것 좋구나" 하고 고개를 끄덕였다.

"하지만 글라이더처럼 사는 건 꽤 어려워. 사람은 지시받으며 사는 게 훨씬 편하지. '좋은 일을 하면 행복해집니다'라는 말과 '도자기를 팔면 급료가 올라갑니다'라는 말 중, 어느 쪽이 이해하기 쉽지?"

"도자기가 왜요?"

"예를 든 거야. 어쨌든 엔진을 달고 비행 스케줄대로 나는 제트기 쪽이 사실은 즐거울지도 몰라. 글라이더는 난도가 높거든. 게다가."

"게다가?"

"주위에서는 태평하다는 소리를 듣지." 선생님은 웃었다. "글라이더가 얼마나 힘든지 불안한지 모르는 녀석들에게 말이야."

"선생님, 글라이더 이야기에 너무 열중하신 거 아니에요?" 하루토도 웃었다.

연료 탱크 지도 내비게이션 처음부터 없어 끝까지 / 옆에서 보면 그야 태평하지 / 하지만 이미 아슬아슬해

선생님은 느긋하게 노래를 흥얼거렸다. "〈글라이더〉라는 노래야."

설마 이 선생님이 국가를 위해 일하는 스파이인 데다 십대 후반이 된 하루토 앞에 나타나 비밀정보국 일을 권유하게 될 줄은 꿈에도 몰랐다.

"선생님, 스파이야말로 글라이더와 정반대 인생 아니에요?"

임무가 주어지면 그것을 완수하기 위해 효율적으로 움직여야만 한다.

"이 일로 돈을 벌어서 남은 인생을 글라이더처럼 살면 돼."

그 말에 넘어간 것은 아니지만 그때까지 이렇다 할 변화 없는 나날에 지겨워지기도 했고 자신의 신체 능력과 타고난 기억력을 인정받았다는 점이 기뻤기에 정보국 일을 하기로 했다.

하루토는 연구소 최심부까지 접근했다. 실내에는 로봇 팔이 달린 기구가 놓여 있고 그 뒤쪽에 암호로 열리는 자동

문이 있었다. 그 안쪽 방에서 표시 없는 라벨이 붙은 병의 정보를 캐내는 것이 임무였다.

에이전트 하루토는 곧바로 병의 내용물을 가지고 온 캡슐에 따르기 시작했다. 캡슐 속 섬유가 스며드는 액체를 분석한 뒤 바닥에 붙은 칩을 통해 외부에 성분 정보를 보냈을 것이다. 즉, 이 시점에서 그의 일은 끝났다. 집에 돌아가지 않아도 임무는 끝이다. 만약 이 자리에서 붙잡혀도 당국은 신경 쓰지 않는다. 에이전트 하루토가 정보를 누설하면 곤란하겠지만 여차하면 원격으로 체내에 있는 나노 폭탄을 폭발시키면 된다.

"하루토, 뛰어나야 한다. 우수한 에이전트는 쓰고 버리기 아깝지. 무사히 귀환시키려고 조직이 노력하거든." 선생님은 전에 이렇게 말했다.

"우수하다니, 얼마나요?"

"모두를 대표할 정도로."

대표가 된다고 딱히 더 좋아질 거라는 생각은 에이전트 하루토도 하지 않았다.

귀에 꽂은 이어폰에 통신이 들어왔다.

"에이전트 하루토, 어떻게 됐나."

자주 한 팀을 이루는 에이전트 오하라의 목소리다. 평소와 다름없이 느긋하고 태평하다.

"지금 돌아간다. 이쪽의 위치 정보는?"

"확인했다. 앞으로 30초 후에 사다리 위에 구멍이 뚫린다. 그곳을 통해 지상으로 나와."

"뭐야." 목소리에 씹는 소리가 섞여 있었다. "먹으면서 말하고 있나?"

"막과자다." 점심 전까지 내내 자고, 일어나면 술을 마시며 재산을 탕진했다는 전설의 남자 오하라 소스케와 이름이 같아서인가, 에이전트 오하라는 어떤 임무를 맡아도 긴장감이 없는 데다 부주의로 인한 실수가 잦다.

작은 파열음 후에 흙이 쏟아지는 소리가 들렸다. 앞쪽에 사다리가 있다. 에이전트 하루토는 들고 있던 나노 건을 허리춤에 꽂아 넣고 달렸다.

실연한 남자

"마쓰시마에게는 엔진이 없네." 그녀가 자주 말했다.

예전에는 "그 점을 미워할 수가 없다니까", "결점이라고도 하기 힘들어" 등 긍정적인 뉘앙스가 풍겼었다. 하지만 최근에는 불만과 초조함만 담겨 있다.

"취업은 어떻게 할 거야? 앞일은 생각하고 있어?"

그녀가 내 취업과 구직 활동에 대해 예민해진 것은 자신의 구직 활동이 잘 풀리지 않는 것과도 관련되어 있으리라. 혹시 이대로 교제가 이어진다면 인생을 같이 걸어가게 되니, 선장이 이 사람이라도 괜찮을까, 이 사람이 칠칠치 못하니 혹시 자신이 조타수가 되어야 하는 것이 아닐까, 하고 불안해졌을지도 모른다.

"괜찮아. 경기도 좋아지고 있잖아. 일자리는 늘고 청년은 줄어들 테니 다들 인재를 찾기 시작할 거고 마음대로 고를 수 있어." 나는 당당하게 말했지만 딱히 근거는 없었다.

"어떻게든 되겠지, 라니 마치 흐느적거리면서 나는 글라이더 같아." 그녀는 넌더리를 냈다.

낮은 채로 언제까지나 내릴 장소 찾았지 / 찾다 보니 멀리 갔지

어디에선가 노래 〈글라이더〉가 들리는 듯했다.

나는 우아하게 날아서 하늘을 선회하는 글라이더가 세속을 벗어난 듯 느껴져 좋았는데, 그때 그녀에게 '글라이더'는 부정적인 의미였나 보다.

이대로는 안 된다는 생각에 뒤늦게나마 스스로 나사를

조이고 필사적으로 구직 활동을 하여 어떻게든 취업을 했지만, 그때 이미 그녀는 졸업생 학교 방문(졸업생이 재직 중인 회사의 신입사원 채용을 위해 모교를 방문해 홍보하는 일-옮긴이)으로 알게 된 연상의 남자와 사귀기로 했고, 선뜻 이별을 고해왔다.

이것이 바로 얼마 전 일이다.

갑작스러운 이별 통보는 예상보다 충격이어서 나는 잠을 이루지 못한 채 한밤중에 쉬지 않고 차를 몰았다. 음악을 최대 음량으로 틀고 몸을 흔들며 고리야마를 지나 정신을 차리고 보니 이나와시로까지 와버렸다. 논밭이 푸르른 산에 폭 감싸안긴 형국이었다.

이유 없이 호숫가 주차장에 들렀다. 잠깐 쉬고 싶기도 했고 잔잔한 호수를 바라보면 마음이 가라앉지 않을까 싶었다.

차에서 내려 모래밭을 향해 걸었다. 이미 해가 주위를 비추고 있었다. 바람이 불고 솔잎이 방울을 울리듯 흔들린다.

호숫가는 넓고 조용했다. 솔숲 사이로 수면을 들여다보았다. 머리 위에는 호수가 반사된 듯한 파란 하늘이 있고 멀리 시선을 던지니 선회하는 그림자가 보였다. 글라이더인가 했더니 새다. 솔개일까.

엔진을 달아야지.

스스로에게 말했다.

글라이더는 자력으로 날지 못하기 때문에 긴 금속제 로프에 연결하여 다른 비행기로 끌거나 윈치를 이용해 고속으로 로프를 감아서 그 힘을 실어주는 방법밖에 없다. 자신의 힘으로 이륙하지 못하다니, 확실히 한심한 일이다.

오토바이 여행자가 묵는 산장이 솔숲 안에 늘어서 있다. 거대한 그루터기 같다. 호수가 보고 싶어서 천천히 걸어가다 산장 뒤쪽에서 신기한 것을 발견하여 손을 뻗어 주워들었다.

도망치는 소년

좋았어! 해냈다!

나는 정신없이 넓은 토지를 달렸다. 거대한 소나무가 자라 있는 그 호숫가를 달렸다. 아무리 달려도 몸을 숨길 장소에 도달할 수가 없다. 몇 번이나 뒤를 돌아보았다. 나를 쫓아오는 그림자가 있는지 없는지 확인했다. 내 헐떡이는 숨소리 때문에 추적자들의 발소리도 들리지 않았다.

이로써 나는 달라진다. 지금까지의 나와는 이별이다.

녀석들에게 둘러싸여 협박당하고 공갈당하는 일에서도

아버지의 폭력에 시달리는 일에서도 해방이다.

이미 오래전부터 한계였어!

저항을 하는 법이 없었던 내가 갑자기 반항하자 녀석들은 적잖이 당황했다. 내게는 그 틈이 유일한 무기였다. 좌우간 눈앞에 있는 상대에게 주먹을 날리고, 들고 있던 가방을 휘두르며 날뛰었다.

쓰러진 상대를 한동안 발로 찬 일은 좀 심했다고 반성했지만 지금까지 그들에게 빼앗긴 것과 비교하면 아직 천칭은 내 쪽으로 더 기울어져 있다.

몸을 돌려 도망쳤다.

이제 집으로는 돌아갈 수 없다. 애초에 폭력을 행사하는 아버지를 언제까지고 따를 필요가 있을까.

이대로 어디론가 떠나자. "어디로?"라는 물음에는 대답할 수 없다. 앞뒤 생각하지 않은 내 어리석음에 진절머리가 나지만 여기서 단념할 수는 없다.

몸이 녹초가 되어 높은 구릉으로 이어지는 초목 덤불에 몸을 숨기고 날이 밝기를 기다리기로 했다. 무릎을 끌어안고 숨을 죽인 채 휴식을 취했다.

아침이 되어서 퍼뜩 정신이 들자마자 인기척이 느껴졌다. "그 자식 어디 숨었지?" 목소리는 명백하게 나를 쫓는 녀석들 것이었다. 발자국을 따라왔을지도 모른다.

어떻게 해야 할까. 계속 가만히 있을 용기는 없었다.

내가 뛰쳐나가자 "저기다!" 하고 등 뒤에서 소리가 들렸다.

어쨌든 달리는 수밖에 없어서 구릉을 단숨에 오르고 다시 내려갔다. 나무 그늘, 초목 사이로 뛰어들 수밖에 없다.

"거기 서! 도망칠 수 있을 것 같아?" 큰 소리가 거듭 등 뒤에서 날아온다.

다리는 이미 한계였다. 발이 엉켜 넘어졌다. 땅에 손을 대고 어떻게든 일어났다.

"여기서 뭐 하나." 갑자기 목소리가 들려서 나는 깜짝 놀랐다. 올려다보니 검은 옷을 입은 날씬한 남자가 있었다.

"힉." 비명을 지른 것은 그 남자가 총 같은 물건을 가지고 있었기 때문이다. 나는 허둥지둥 양손을 들었다.

남자는 귀찮은 듯 한숨을 쉬었다. "빨리 가. 여기는 위험해."

"갈 곳이 없어요. 도망치는 중이에요."

"도망이라고?" 남자는 고개를 들고 내 뒤쪽으로 시선을 던졌다.

"아, 확실히 사람이 몇 명 오고 있군."

남자는 입을 약간 내밀고 생각하는 듯하더니 "좋아, 따라와"라고 말하며 목을 뒤로 까딱했다.

"네?"

"어차피 두 사람이 탈 수 있으니까. 태워주지."

남자는 그렇게 말하고 몸을 돌리더니 먼저 가버렸다. 서둘러 뒤를 따랐다. 지금 이 상황을 모면할 수만 있다면 따를 수밖에 없다.

남자의 목적이 무엇인지 곧 알게 되었다.

거대한 목조 건축물 뒤쪽에 비행기가 있었다. 흰색 몸통에 중심부와 날개는 빨간색으로 칠해져 있다. 프로펠러도 있다. 남자가 사다리를 타고 척척 조종석으로 올라가서 나노ㅗ 뒤를 따랐다. 앞뒤로 두 사람이 날 수 있는 형태의 비행기였다.

"벨트를 매."

"아, 네."

비행기로 여기서 탈출할 수 있다니! 마음이 고양되면서도 안심되었다. 그러나 그때 앞에 앉은 남자가 "아, 이게 뭐야" 하고 혀를 차기에 무슨 일인가 싶어서 가슴이 철렁했다.

"무슨 일 있어요?" 물어도 대답이 없다. 남자는 누군가와 통신 중이었다.

"오하라, 또 저질렀군! 뭐긴 뭐야. 잘 들어, 이건 글라이더야. 작전은 프로펠러기잖아."

거친 목소리에서 남자가 초조해하는 것이 느껴졌다.

"추적자가 오고 있다고. 이래선 도망치지 못해. 뭐가 다르냐니. 글라이더는 끌어주는 것이 없으면 날지 못하잖아. 엔진이 없으니까."

엔진이 없다는 말이 나를 쿡 찔렀다. 즉, 이 비행기는 날아오르지 못한다. 날지 못하는 비행기는 상자에 불과하다. 붙잡히기만 기다릴 뿐이다.

등골이 서늘해졌다.

좌석에서 지상을 내려다보니 나를 찾는 녀석들이 주변을 살피면서 어슬렁거리고 있었다. 아직 발견되지 않았지만 기체가 눈에 띄는 것은 시간문제이리라. 벨트를 풀고 비행기에서 내릴 수밖에 없나.

남자는 여전히 오하라라는 동료와 통신 중이다. "이건 글라이더니까 엔진이 없어. 내게 필요한 건, 그리고 네가 준비해야 했던 건 엔진이 있는 비행기야." 감정을 억누르고 있는지, 태도를 바꾸었는지 목소리가 제법 누그러졌다. "이봐, 지금도 뭐 먹고 있지? 소리가 들려."

통신을 끝낸 남자가 나를 돌아보고 말했다. "이런 이유로 이 비행기는 날지 못해. 내릴까?"

나는 즉시 말했다.

"가만히 있으면 못 찾을지도."

"글쎄다." 조종석에 앉은 남자가 고개를 갸웃한다.

그때 비행기가 흔들렸다.

진동 탓에 나는 신음했다. 덜컥덜컥 몸이 흔들린다. 앞에 있는 남자는 초조해하면서도 벨트를 다시 맸다.

이어서 내 몸이 훅 올라갔다. 기체와 함께 바로 위로 떠올랐다.

"시동이 걸린 거예요?" 나는 당황해하며 물었다.

"엔진 자체가 없어. 그것보다 이렇게 위로 똑바로 뜰 수가 없어."

그러자 이번에는 앞으로 나아가기 시작했다. 순간 내 몸이 뒤로 쓰러졌다. 기체가 위를 향하듯 기울어졌다가 바로 원래대로 돌아왔다. 기체는 공중에 뜬 채 앞으로 나아갔다.

앞에는 거대한 호수가 펼쳐져 있다.

무슨 일이 일어났는지 알 수 없었다. 나는 그저 "날아줘" 하고 기도했다.

남자가 기도하듯 조종간을 움켜쥐었다.

실연한 남자

나는 주운 장난감 글라이더를 들고 호수를 향해 걸어가 살며시 던졌다. 의외로 매끄럽게, 똑바로 나아간 글라이더가 호수 쪽으로 날아올랐다.

그러자 그 글라이더는 하늘 높이를 확인하듯이 천천히 고도를 높이고 선회하여 호수를 내려다보며 아주 커다란 8자를 그렸다.

이른 아침이라 호수에는 안개가 자욱했다. 그 흰색에 녹아들어 글라이더가 바로 떨어질 거라 생각했지만, 글라이더는 전혀 떨어지려는 기색 없이 비거리를 늘여갔다. 그리고 그 늘어나는 거리만큼 내 마음이 한없이 넓어지는 듯하여 기분이 좋아졌다.

엔진이 없어서 조용하지 / 이제 아무 문제도 없어 / 가자 떠올라서 가자

나는 호수 저편으로 사라져가는 글라이더를 믿을 수 없는 마음으로 바라보았다.

연인을 떠올리자 그만 눈물이 날 것 같아 나는 모자를 눈 아래까지 푹 눌러썼다.

이
년
째

실언한 남자

자기혐오에 빠지는 이유는 자기자신에게 기대를 하기 때문일까. 나는 더 괜찮은 사람인네, 좀 더 나은 사람이 될 텐데, 라는 생각을 하기 때문일까.

작년에 헤어진 연인이 떠올랐다.

마쓰시마에게는 엔진이 없네.

나는 경멸당한 것에 충격을 받았다. 그렇지 않다고 반론하지 않은 것은 다행이었다. 왜냐하면 '그렇기' 때문이다. 그녀의 분석은 맞았다.

그 후로 나는 필사적이 되었다.

물불 가리지 않고 취업 활동에 전념했고 횟수를 세는 것조차 싫어질 만큼 면접에 떨어졌으며 그때마다 절망에 빠

이 년째

지고! 눈앞이 캄캄해졌는데, 내정(대학교를 졸업하기 전에 회사 취업이 결정되는 일-옮긴이)된 사람들이 줄줄이 사퇴라도 했는지 뜻밖에 유명한 회사에 취직하게 되었다. 한평생의 운을 모두 써버린 듯했다.

입사하고 나서도 큰일이었다. 일 배우는 것도 힘들었고 피로는 쌓였으며 주말이 되면 온종일 잠만 자서 몸과 마음이 너덜너덜한 걸레 같은 상태가 되었다. '아, 도망가고 싶다'라고 몇 번이나 생각했는지 모른다.

회사 선배가 일을 가르쳐주는데, 그들은 왜 그런지 간단한 것을 일부러 복잡하게, 쉽게 설명하면 바로 이해할 것을 굳이 어렵게 가르쳐주었다. 그래서 서툰 나는 가끔 크고 작은 실수를 했고, 그것은 당연히 질책으로 이어졌다.

"쓸모가 없네." 상사가 자주 말했다.

마음속 탱크에 담아두었던 중요한 무언가가 점점 줄어들었다. 열심히 해야만 한다. 그렇게 생각했지만 여유 없이 노력만 하면 자칫 헛도는 법이어서 나쁜 결과를 낳는다.

어젯밤에 그런 일이 있었다. 영업사원 교류라는 명목으로 관련 회사 직원들과 회식이 있었다. 총 스무 명 정도로, 또래가 많아서 화기애애했는데, 오랜만에 긴장감이 적은 곳에서 술을 마시니 즐거웠다.

'여기에서만 하는 이야기'라면서 영업처에서 화가 났던 에피소드며 매일 담아두었던 불만, 험담을 꺼내는 남자도 있고, 바로 얼마 전 인기 배우가 결혼 발표한 일을 마치 자신이 실연한 양 한탄하는 여자도 있다. "상대는 일반 여성이니까 나에게도 기회가 있었던 거야" 하고 호소하더니 "하지만 모델 카린을 닮았다니 그건 이미 일반인이 아닌 거잖아"라고 화를 냈다.

"카린이 누구야?" 내가 작은 목소리로 옆에 앉은 동기에게 묻자 그는 비웃으면서 말했다. "너 말이야, 그것도 모르면서 어떻게 영업하냐?"

"모델을 상대로 일을 하는 것도 아니고. 만날 수 있는 것도 아니잖아." 이렇게 말하면서 실실 웃는 나 자신이 또 싫어진다.

"늦어서 죄송합니다." 그때 한 여성이 들어왔다. 상대 회사의 사원인 모양이다. 여기저기서 인사를 했다.

"이것 참 엄청난 사람이 왔네." 동기가 그렇게 말했는데 무슨 뜻인지 바로 알았다. 키는 그리 크지 않은데 두드러지게 옆으로 퍼져서 펑퍼짐하다고 할까, 통통하다고 할까, 동글동글 살집이 있다고 할까, 여하튼 그런 체형이었다. 빈자리를 찾다 보니 내 앞에 앉게 되었다.

이 년째

"일을 끝내고 오느라 늦었습니다." 그녀는 밝게 말하며 간단히 자기소개를 했다.

그다음이다. 나는 문득 머리에 떠오른 단어를 입 밖으로 냈다.

"저, 어느 스모 도장 소속입니까?"

스모 선수와 관련된 농담이다. 아마도 재치 있는 말을 해서 나의 가치를 올리고 싶었던 것이리라.

때마침 다른 테이블에서 나누던 대화 소리가 끊긴 참이라 하필 내 말이 실내 한가운데 둥실 떠올라 모두의 주목을 받았다.

순간 잠잠해지더니 다들 와하하, 웃었다. 동기가 재미있다고 칭찬할 셈이었는지 내 어깨를 두드렸다.

앞에 앉은 여성은 그다지 반응이 없었는데 그것은 틀림없이 그녀가 지금까지 비슷한 농담과 멸시를 수없이 받아왔다는 증거이리라. 온화하게 미소 짓더니 "이야, 연습이 힘들어서 도망쳐 나왔어요. 그런데 왜 스모 선수가 전제예요? 도스코이!(스모 선수가 자주 외치는 기합-옮긴이)"라고 말을 받아서 다들 박장대소했다.

술자리는 흥이 올랐지만 나는 점점 괴로워졌다. 아무리 생각해도 내 발언은 좋지 않았다. 아니, 분명히 인정하는데 최악이었다.

혼자 있을 때면 그 일이 떠올라서 자기혐오에 빠졌다. 싫은 사람과는 어울리지 않으면 그만이지만 그것이 자신이 되면 어찌할 수가 없다. 자신과는 멀어질 수 없으니까.

아, 없었던 일로 하고 싶어.

머리를 쥐어뜯었다. 기억을 스펀지 같은 것으로 닦아내고 싶지만 아무리 닦아도 지워지지 않는다.

임무가 있는 남자

눈앞에는 파란색이, 파랗다기보다 물색이 펼쳐져 있다. 하늘이다. '물의 색은 빛의 색이다.' 에이전트 하루토는 그런 말을 했다. 물 자체에는 색이 없으므로.

나는 쓰러져 있었다. 모래가 펼쳐진 구릉에 등을 대고 하늘을 향해 누워 있다. 옆구리에 총을 맞았다. 출혈은 간신히 막았지만 상처가 얼마나 깊은지는 모른다.

주위는 사락사락 바람이 모래에 숨을 불어넣는 소리가 들릴 만큼 조용했는데, 나는 가까스로 숨을 가라앉히고 있을 뿐이었다.

이 년째

에이전트 하루토는 무사할까.

임무는 완수했을까.

실패해서 죄송합니다. 나는 마음속으로 사과했다.

일 년 전, 에이전트 하루토는 바로 이곳에서 나를 구해주었다. 아버지와 동년배들의 폭력에서 도망치는 나를 비행기에 태워주었다.

"훈련을 받고 내 일을 도와주겠어?"

물론 에이전트 하루토의 권유를 거절할 이유가 없었다. 그의 동료들은 모두 "아직 어리잖아. 뭘 할 수 있겠어" 하고 나를 바보 취급했다.

확실히 나는 기껏해야 새소리 흉내만 낼 수 있을 뿐 아무것도 못 하지만, 에이전트 하루토는 "새소리를 흉내 낼 수 있다니 대단해" 하고 격려해주었다. 어찌 됐건 나는 그의 동료들이 나를 다시 보게 하려고 노력했다.

훈련이라고 부르기에는 너무나도 가혹하고, 단련이라고 하기에는 지나치게 살벌한 나날은 그다지 즐겁지 않았지만, 나는 괴롭지 않았다. 불합리한 폭력에 둘러싸여 지내던 시절과 비교하면 목적도 있었고 자신을 강하게 만드는 시간이니 몇백 배나 더 좋았다.

"다음 임무, 나와 함께 가자." 에이전트 하루토가 명령했을 때, 내가 인정받았다는 고양감은 이루 말로 표현할 수 없었다.

"네."

"놀라지 마. 네가 살던 곳으로 갈 거야. 그 거대한 호수의 건너편."

내가 도망쳐 나온 고향 근처에 적 조직의 시설이 있는데, 에이전트 하루토는 그곳을 파괴했다. 그것이 일 년 전의 일이다.

"그 이후에도 새로운 연구를 했다고 하더군. 특히 신형 전투기 개발이 무서울 정도야. 임무는 그 정보를 캐내는 일이지. 그리고."

"그리고?"

"개인적으로는 그 수수께끼를 풀고 싶어."

그 수수께끼가 무엇인지 나도 바로 알았다. 작년, 우리가 탈출할 때 탄 비행기는 글라이더였다. 엔진이 없어서 자력으로는 날아오를 수 없다. 그랬을 터였다. 타기는 했지만 뜨기는커녕 움직이지도 않아서 이제 끝이라고 생각했는데, 아니라는 듯 기체가 떠오르더니 날았다.

아직도 이해할 수 없다. 실은 엔진이 달려 있던 것이 아닐까 생각했지만 그렇지 않았다.

이 년째

에이전트 하루토와 콤비인 에이전트 오하라. 그가 바로 프로펠러기와 착각하여 글라이더를 준비한 장본인인데, 자신의 실수를 반성하는 기색도 없이 남 일처럼 물었다.

"우연히 강풍에 밀려 올라가서 다행이었네. 그래서 기류를 탄 거 아니야?"

바람에 떠밀린 것만으로 그렇게 수직으로 떠오른 후 앞으로 날아갈 수 있을까?

도무지 이해되지 않는 수수께끼가 일 년 내내 머릿속에 남아 있었다. 그것은 나뿐만 아니라 에이전트 하루토도 마찬가지였다.

"그 장소로 돌아가면 무언가 알 수 있을지도 몰라. 어때, 갈 거야?"

물론 고개를 끄덕였다. 거절할 입장도 아니고 거절할 생각도 없었다.

내 입으로 말하기는 쑥스럽지만 첫 실전으로는 안성맞춤이다. 프로펠러기로 호숫가 근처에 도착한 후 시설로 향하면서도 에이전트 하루토에게 뒤쳐지지 않았고, 작은 몸집을 활용하여 지하 배관으로 숨어들어 내부에서 잠금을 해제하는 일에도 성공했으며, 격투기 기술을 이용하여 적도 여럿 기절시켰다.

안에서 합류한 에이전트 하루토가 "기대할 만한 신인이군" 하고 농담 섞어 말했다.

그래서 방심한 것일까.

통로가 두 갈래로 나뉘기에 따로따로 행동하기로 하자마자 적에게 발각되고 말았다. 서둘러 도망쳤지만 적이 쏜 탄환이 옆구리를 관통했다. 피가 바닥으로 흐른다. 눈앞이 아찔했지만, 이 자리에서 쓰러지면 안 된다는 생각에 버텼다. 열 스탬프를 꺼내어 상처에 대고 지혈했다. 아파서 비명이 나왔지만 일단 여기서 벗어나야 한다는 일념으로 온 길을 되돌아갔다.

숨을 헐떡이며 타고 온 프로펠러기가 있는 곳으로 향했다. 모래 구릉을 오르다 미끄러져 그대로 데굴데굴 굴러 떨어지면서 온몸에 힘이 빠졌다.

등을 대고 누워 하늘을 보았다.

이것으로 끝인가.

정말로 그런 기분이었다.

뛰어들고 싶은 하늘 기분이 좋아 이 날씨라면 괜찮아 모든 것이 모였잖아

어디선가 노래가 들리는 듯했다.

이대로 여기서 내가 사라지고 아무렇지 않게 내일이 온

이 년째

다 해도 해피 엔딩일까. 그런 생각을 하면서 의식을 잃었다.

실언한 남자

갑자기 이름이 불려서 깜짝 놀랐다.

누군가 보니 지난번 술자리에서 내가 실언한 상대, 통통한 체형의 그녀가 있어서 당황했다.

그도 그럴 것이 이곳은 후쿠시마의 고리야마 역이다. 나는 주차장에 차를 세우고 막 내린 참이었다. 서로의 근무지가 있는 도쿄 시내라면 있을 법하지만, 이런 곳에서 마주치는 일은 상상도 못 했기에 내 죄책감이 보여주는 환상인가 싶었다.

"아, 본가가 이쪽이라서요." 나는 설명했다. 주말을 이용하여 오랜만에 왔는데 특별히 할 일도 없어서 아버지 심부름으로 역에 왔다.

해가 지기 시작하여 하늘은 어스름했다.

"저도 본가가 이쪽이에요. 우연이네요. 이제 도쿄로 돌아가려고요."

아, 그렇습니까, 설마 이런 곳에서 만날 줄은 몰랐어요.

그럼 또 일하면서 봬요.

그렇게 인사를 나누고 헤어져야 했겠지만, 아니 그러려
고 했는데 그녀가 "저, 다음 달에 회사 그만둬서 못 볼지도
몰라요"라고 말해서 깜짝 놀랐다.

"그거, 그때 제가 한 실언 때문에⋯⋯."

"네? 실언?"

"그때, 술자리에서요."

그렇게 말하자 그제야 생각났다는 듯 그녀가 큰 소리로
"아" 하더니 살며시 미소 지었다. "아니요, 그것과는 상관없
어요."

나는 안심하면서도 내 고민을 업신여긴 듯해서, 그야말
로 죄책감과 모순된, 트집에 가까운 감정이지만, 나도 모르
게 "그럴 수가"라는 말이 튀어나왔다.

"그럴 수가?"

"아, 그게 정말로 죄송해서요. 저기, 잠깐 이야기 좀 할 수
있을까요?"

그녀는 손목시계를 확인하더니 고개를 끄덕이며 말했다.
"신칸센이 올 때까지 아직 시간이 좀 있네요."

"굳이 말할 필요는 없지만요." 커피숍에서 마주 앉자 그

이 년째

녀가 말했다.

"그런 식으로 사람을 깎아내려 웃음거리로 만들다니 유머치고는 저질이죠."

"지당하신 말씀입니다."

사람의 체형과 체질로 놀리는 유머는 유머라고 부를 수도 없을 정도로 차원 낮은 개그로, 실제로 그녀가 재치 있게 대답하지 않았다면 분위기가 나빠졌을 것이다. 타인을 얕보는 발언과 성적인 것, 흔히 말하는 '음담패설'은 재미있는 화제를 내놓지 못하는 사람이 자포자기하는 심정으로 내뱉는 금지된 기술 같은 것이리라. 재치 있게 웃길 수 있는 화술이 없으니 난폭한 방식으로 어물쩍 넘기는 것이다. 그래서 생기는 웃음은 당혹을 금치 못한 쓴웃음인데.

"입사하고부터 따라가기 벅찼어요. 무슨 말이든 해야겠다 싶었죠. 그런데 제일 입에 담으면 안 되는 말이 나와버렸어요. 하지만 그 후 정말 후회했습니다. 계속 자기혐오에 빠져 있답니다."

"성실하시네요. 세심하신가 봐요."

"아니요, 엔진이 없는 글라이더 같다는 말도 들었는걸요."

"뭐예요, 그게." 그녀는 빨대를 입에 대고 웃다가 목 언저리에 손을 대더니 "앗" 하고 소리를 냈다. 방금까지 차분했던 분위기는 사라지고 점점 얼굴이 새파래졌다.

몸이라도 안 좋은 것일까. "어디 아파요?", "괜찮아요?" 나는 의미 없는 질문을 되풀이했다. "빈혈인가요?"

"아니요, 액세서리가 없어져서요."

목에 걸고 있던 목걸이가 끊어져서 어딘가에 떨어진 모양이다.

분명 오늘 자신이 어디에 갔었는지 되짚어보는 것이리라. 가만히 생각하는 듯하더니 "아마도 이나와시로 호수일 거예요"라고 말했다.

"낮에 갔었어요. 조카가 무선 조종 자동차를 가지고 논다고 해서 따라갔거든요. 거기서 떨어뜨렸나 봐요."

"그거 큰일이네요."

실내라면 또 모를까 호숫가에 떨어진 물건을 찾기는 어렵다. 무모한 행동을 비유하는 속담으로 '이나와시로 호수에서 액세서리 찾기' 같은 말이 있어도 좋을 만큼 말이다. 그러나 나는 "신칸센을 조금 늦게 타도 괜찮으면 차로 이나와시로 호수에 가보시겠습니까?"라고 말했다. "사죄의 뜻으로 꼭 돕고 싶습니다."

이 년째

임무가 있는 남자

어딘가에서 모래폭풍이 휘몰아치는 듯한, 전기가 터지는 듯한 소리가 들렸다. 죽음이 다가올 때 머릿속에서 들리는 소리는 이런 것일까.

소란스럽고, 음악이라기보다 그저 잡음일 뿐이다.

그 소리가 멈추고 잠시 후 에이전트 하루토의 목소리가 들렸다.

"어이, 일어나."

쓰러진 나를 일으키려고 했다.

옆구리에 격통이 느껴졌다.

"피를 꽤 많이 흘린 모양이라 어지럽겠지만 쉴 시간이 없어. 자, 이거 먹어."

작은 캡슐을 건네주었다. "먹으면 안 아파요?"

"나노 진통제야."

"뭐든 나노가 붙는군요."

"멋지니까." 에이전트 하루토가 드물게 농담을 했다.

주위를 둘러보니 역시 모래 구릉이다. 태양은 상당히 내려가 있었다. 하늘에는 어스름한 막이 펼쳐지기 시작했다. 아까까지 새파랗던, 뛰어들고 싶은 하늘과는 다르지만 이

하늘도 내 몸에 두르고 싶을 정도로 너무나 아름다웠다.

비틀거리면서 일어났다.

"가자."

"저기, 임무는."

"완벽하다고는 할 수 없지만 적이 개발한 물건을 훔쳐 왔어."

"과연." 발을 내디뎠지만 균형 감각이 이상해졌는지 쓰러질 뻔했다.

에이전트 하루토가 잡아주었다. "걸을 수 있겠어?"

"나노 걸음이라면." 간신히 농담을 건넸지만 걸을 자신은 없었다.

"비행기까지 못 갈 것 같아요. 저는 신경 쓰지 말고 먼저."

"멀리 가지 않아도 돼. 바로 여기로 가지고 왔거든."

"비행기를요?"

"적에게서 훔친 거. 녀석들 재미있는 물건을 개발했더군. 조금 떨어진 곳에 세워두었으니 거기까지만 가자."

에이전트 하루토는 내 어깨를 부축하면서 천천히 걸었다. 서둘렀지만 뛸 수는 없어서 순식간에 해가 졌다.

이대로 도망칠 수 있을 것 같아서 마음을 놓았는데, 생각대로 되지 않았다.

이 년째

얼마 지나지 않아 눈앞이 환해지더니, 적들이 라이트를 켜고 죽 늘어서서 가로막고 있었다.

지쳐서인지, 피를 많이 흘려서인지, 아니면 나노 진통제의 부작용인지 머리가 몽롱했지만 적들이 총을 겨누고 있고, 곧 쏠 것이라는 것 정도는 알았다.

역시 여기서 끝인가.

짧은 인생이었다. 나노 인생, 이라는 생각이 머릿속을 스쳤다.

그때 더 큰 빛이 드리워졌다. 적의 등 뒤에서 빛이 눈부시게 비쳤다.

적도 마찬가지로 겁에 질려서 뒤돌아보았다. 살펴보고 오라는 지시가 내려졌는지 몇 명이 빛이 발생한 방향으로 사라졌지만 그 외의 녀석들은 다시 우리 쪽을 향했다.

에이전트 하루토가 혀를 찬 이유를 알았다. 그 틈을 타서 도망치려고 했는데 적들이 동요하지 않았기 때문이다.

그러나 잠시 후 마주 보고 있는 적들의 시선이 조금 위를 향했다. 일제히 모두가 같은 방향을 보는데, 즉 우리 뒤쪽, 허공을 보면서 몸이 굳어버리기에 놀랐다.

도대체 무슨 일이지?

그들의 눈길을 따라 나도 뒤를 돌아보았다. 거대한 호수와 완전히 어두워진 하늘이 있을 뿐이다.

아니, 그렇지 않다.

그 후 한참을 바라보고 나서야 그들이 뭘 두려워하는지 알았다. 호수 건너편에서 어스름하고 거대한 덩어리가, 마치 검은 구름 같기도 한 것이 천천히 다가오고 있었다. 우리를 빨아들일 것 같은 거대한 사람 그림자로 보였다.

실언한 남자

이나와시로 호수에 도착했을 때는 아직 발치가 어렴풋이 보일 만큼 밝았다. 그녀는 낮에 걸었던 길을 필사적으로 떠올리면서 더듬어가기 시작했다.

"소중한 액세서리인가요?" 내가 묻자 그녀는 "선물 받은 거라서요"라고 대답했다.

"정말이지, 왜 떨어뜨렸을까요."

"찾을 수 있을 거예요." 안심시키려고 한 말은 아니었다. 어떻게든 찾았으면 좋겠다는 바람이었다.

눈을 왕방울만 하게 뜨고 발치를 샅샅이 뒤지며 걷는데 어느새 그녀가 노래를 흥얼거리고 있었다. 가볍고 조금 독

이 년째

특한 가사라서 "무슨 노래예요?" 하고 물었다.

"스펀지맨(일본 가수 TOMOVSKY의 노래-옮긴이), 알아요?"

"누구예요?"

"다 흡수해요. 살다 보면 싫은 것, 좋은 것 많이 있잖아요. 그것을 골라서 피할 수 없으니 전부 흡수한답니다."

무슨 일이 일어나도 좋아 어차피 전부 흡수할 거니까

"받아들인다는 의미인가요?"

"글쎄요." 그녀는 말하면서 웃었다.

"그렇지만 저도 그렇게 생각하니까 꽤 기분이 편해졌달까요. 마음가짐이 달라졌어요."

"무슨 말인가요?"

"제 외모, 이렇잖아요? 창코나베(일본의 전골 요리로 스모 선수들이 즐겨 먹는다-옮긴이)나 스모 선수와 관련된 소재로 지긋지긋할 정도로 놀림받으면서 살아왔답니다."

"정말로 죄송합니다." 나는 위에 통증을 느끼며 다시 머리를 숙였다.

그녀는 거북해하지 않고 웃었다. "하지만 이제 그런 것도 전부 흡수하자는 거예요."

이제부터 하나도 남김없이 피로 만드는 거야

"받아들이는 건 아니지만 비참해하지 말고 전부 흡수해

요."

"그게 스펀지맨이에요?"

영화에 나오는 마시멜로맨처럼 스펀지로 만들어진 거대한 히어로를 떠올렸다. 사람들의 나쁜 기억과 후회를, 사소한 것을 예로 들면 나의 '그런 말은 하지 말걸 그랬어' 같은 생각을 누군가가 전부 빨아들여주는 것이 아닐까.

눈 깜짝할 새에 날이 저물어 시야가 나빠졌다. 나는 이제 그만 찾자고 말하지 않았다. 말할 수도 없었고 말할 생각도 없었다.

"아, 자동차를 저기까지 끌고 와서 전조등을 켜볼까요?"

"그렇게 할 수 있어요? 그리고 떨어뜨렸다면 아마도 저 산장 근처일 거예요." 그녀가 손가락으로 가리켰다.

차로 돌아와 시동을 걸었다. 천천히 좁은 길을 달려와 근처에 세웠다. 시동은 껐지만 전조등은 켜놓았다.

차에서 내려 그녀가 있는 쪽으로 걸어가는데 "찾았다. 저기 있어요!" 하는 소리가 들렸다.

전조등 불빛 바로 앞에서 장식이 반짝였다고 한다. 이런 행운이! 달려간 나는 마음이 벅차올라 해냈네요, 해냈어요, 하고 위업이라도 달성한 듯 외쳤다.

"감사합니다." 그녀가 인사를 하는데 나는 그저 몸 둘 바

이 년째

를 몰랐다.

"저기, 회사 왜 그만두시나요?" 차로 돌아오는 도중에 물었다. 그녀가 나를 본다. 그리고 무언가를 느낀 듯 발을 멈추었다. 이나와시로 호수를 가만히 바라본다. 뭐가 있나요, 하고 시선을 따라가니 수면에 어슴푸레 안개 같은 무언가가 연기처럼 하늘하늘 피어올라 있었다.

"저건 뭘까요?"

"그러게요? 움직이고 있네요." 그녀는 멀거니 바라보았다.

"호수에서 김이라도 올라오는 걸까요?"

처음에는 자연 현상이라고 생각했는데, 물론 수면에서 김이 올라올 리가 없다. 커다란 사람 그림자처럼 보였다.

아, 저것이 스펀지맨인가, 하고 말할 뻔했다. 찾아와준 것이냐고.

"아, 저거." 그녀가 중얼거렸다. "어쩌면."

"어쩌면?"

그녀도 반신반의하기에 "역시 스펀지맨인가요?" 하고 말을 꺼냈다.

"곤충 아닐까요?"

"곤충? 저렇게 큰데요?"

그럴 리가. 목을 쑥 내밀며 눈을 가늘게 뜨자 그 어렴풋한 덩어리가 점점 퍼지기 시작했다.

무수한 곤충, 잠자리 같은 것이 날고 있다. 너무 많아서 덩어리처럼 보인 것이다.

이쪽으로 다가온다.

"하루살이일지도."

"네?"

"언젠가 들은 적이 있어요. 여기서 무슨 행사가 열렸는데, 마침 성충이 되는 시기였는지 엄청나게 많은 하루살이가 날아와서 큰 소동이 났다고요. 연주하던 가수의 입 안에 들어가 그걸 뱉으면서 노래했대요."

하루살이? 저게?

"왜 여기에." 말한 후 바로 깨달았다. 빛이다. 전조등을 향해 날아오고 있었다.

임무가 있는 남자

"지금이야. 죽을힘을 다해 달려. 죽느냐 사느냐의 갈림길이야. 그렇다면 살아야지."

이 년째

에이전트 하루토의 말이 가슴을 찌른다. 나도 그를 따라 몸을 움직였다.

"저건 하루살이야."

기세 좋게 날아오는 벌레들을 말하는 것이리라. 조금 전 호수에서 다가온 것은 거대한 사람이 아니라 날개 달린 벌레 떼였다. 너무나 거대하고 박력 넘쳐서 그 자리에 있던 우리는 당황했다.

어째서 이쪽으로 오는지 알 수 없어서 적들은 총을 쏘며 뿔뿔이 흩어졌다.

"저 곤충 날개에서 독이 나와!" 큰 소리로 거짓말을 외치며 상대를 교란하는 에이전트 하루토만 침착한 상태였다고 할 수 있겠다.

그 틈을 타서 나를 끌어당겼다. 뛰어, 지금이야! 그 목소리에 떠밀려 힘이 빠진 다리로 어떻게든 힘껏 지면을 찼다. 하루살이 몇 마리가 총에 맞았는지 땅에 떨어져 적 몇 명이 그 아래에 깔렸다. 모래 먼지가 춤추고 몇 번이나 시야가 흐려졌다.

"타."

키 큰 풀이 무성한 곳에 숨겨놓은 물건은 내가 예상조차 하지 못한 것이었다.

"이건."

"녀석들, 이걸 비행체로 삼으려고 했어. 아직 개발 중, 아니 길들이는 중일지도 모르지만, 여기까지 타고 왔어."

"두 사람이 탈 수 있어요?"

"일단 바구니에는 두 사람이 탈 수 있을 것 같아."

매미였다.

나도 몇 번 멀리 나무에 찰싹 붙어 있는 모습을 우연히 본 적이 있지만 이렇게 가까운 거리에서 보는 것은 처음이다. 우리보다 한 아름 이상 크다. 몸체는 검고, 반투명한 날개가 달려 있다. 에이전트 하루토는 가느다란 기계 팔처럼 보이는 여섯 개의 다리 사이를 누비며 몸 아래로 기어 들어갔다. 그를 따라가니 확실히 배 아래쪽에 바구니가 달려 있었다.

주저할 여유는 없다.

바구니에 들어가 거의 웅크린 자세로 앉았다. 에이전트 하루토는 어느새 이어폰 같은 것을 귀에 꽂고 거기에 이어진 청진기처럼 생긴 것을 목에 대더니 소리라고 부르기도 애매한 소리를 냈다. 새된 소리로 노래하는 듯했다. 그것이 조종기이고, 그것을 통해 매미에게 지시를 내리는 구조인 모양이다.

이 년째

진동이 일더니 둥실 떠올랐다.

매미가 다리를 폈다. 공기가 세차게 떨린다. 날개를 움직였다는 것을 알아챘을 때 이미 우리는 하늘을 날고 있었다.

하루살이들은 여전히 여기저기서 날고 있었는데, 매미는 그것을 피하면서 속도를 높여 하늘을 뚫고 나아갔다.

성공이다. 거대한 호수 중심부에 접어들었을 무렵 그렇게 생각했다. 적들이 따라오는 기색은 없었다.

"이대로 돌아가자."

"네." 아직 몽롱했지만 대답은 했다. 몸에서 힘이 빠져 등을 기댔다.

밤하늘에는 동그란 구멍 같은 보름달이 빛나고 있었는데, 그에 이끌린 듯 몸을 일으켜 시선을 떨어뜨리니 눈 아래에 펼쳐진 수면에도 가늘게 흔들리는 아름다운 원이 그려져 있었다.

실언한 남자

하루살이 떼에서 도망치듯 차로 돌아왔다.

"덕분에 찾을 수 있었네요. 감사합니다." 그녀가 감사 인사를 했다.

"서둘러 돌아가지 않으면 신칸센이 끊겨요." 시동을 걸고 후진 기어를 넣은 후 차를 돌려 도로로 나왔다.

고리야마 역까지 가면서 줄곧 아까 본 엄청난 하루살이 떼에 관한 이야기만 했는데 나는 "그게 스펀지맨인줄 알았어요"라고 솔직히 말했다. 거대한 스펀지맨이 싫은 것을 전부 흡수하는 줄 알았다고.

그녀는 웃은 후에 말했다. "그런 게 아니에요."

"그게 아니에요?"

"스펀지맨은요, 특별한 무언가가 아니에요. 저도 그렇고 모두가 스펀지맨이에요. 온 세상에 있어요."

온 세상에 있다는 말이 어째서인지 내 마음속에 와 닿았다. "그런가요."

"참, 아까 하던 이야기 말인데요."

"아까?"

"저, 곧 결혼해요. 그래서 회사 그만두는 거예요."

"아, 그렇군요."

"지금 통통한 여자를 좋아하는 남자도 있구나, 라고 생각했죠?"

그녀는 장난스레 말했다. 물론 나는 바로 부정했다. 외모

이 년째

취향은 사람마다 다르다는 이유가 아니라 열린 마음으로 모든 일을 받아들이는 그녀의 자세가 참 매력적이라고 생각하기 때문이다.

"고등학교 동급생이고, 처음에는 그냥 아는 친구였는데, 어느새 친해졌어요."

"그렇군요."

"저도 체형이 크니까 눈에 띄어서요. 사귀는 것도 꽤 힘들었어요."

"눈에 띄어도 그다지 상관없지 않아요?"

내가 그렇게 말하자 "뭐, 그렇긴 하지요" 하고 태평하게 대답하더니 화제를 바꾸듯 일 이야기를 시작했다.

결국 그날 이후 그녀와 만날 기회는 없었다. 그저 얼마 지나지 않아 인기 배우와 결혼한 일반인 여성은 실은 모델 카린과는 완전히 다른 타입으로, 꽤 통통한 체형이었다는 소문을 인터넷에서 봤을 때 어째서인지 그녀일 것이라고 생각했다.

아직도 진상은 모르지만 이후 나는 그 인기 배우를 응원하게 되었다. 팬이 되었다고 해도 좋다.

삼 년째

긍지 없는 남자

처음부터 순순히 사과했으면 좋았을걸.

가끔 그런 생각을 한다.

요전 날 회사 차로 외근 중에 갑자기 옆에서 두부 가게 밴 차량이 끼어들어서 사고가 났다. 바로 갓길에 차를 대고 상대 운전사와 대화를 나누었다. 누가 봐도 상대 운전사의 무모한 운전이 원인인데, 이쪽 잘못이라는 듯 투덜거리면서 "저는 제대로 봤다고요"라고 말하기에 황당했다.

"네? 뭐라고요? 그리 많이 긁히지 않은 것 같아서 사과하면 저희도 그냥 넘어가려고 했는데 그렇게 나오시면 알겠습니다. 철저히 따져보죠." 그렇게 목소리를 높인 사람은 나와 함께 차에 탄 고모리 과장님이다. 여성에 날씬한 체형이며 마흔 중반이라고는 보이지 않는 동안이다. 사춘기 아들이 세 명 있다고 한다. 회사 내에서는 유능하다고 알려진 상사다. 그 고모리 과장님이 갑자기 선전포고하듯 말하자 상대 운전사의 얼굴이 새파래지기에 나는 속으로 생각했다.

'그러게 순순히 사과하지.'

그제야 운전사가 자신의 실수를 깨달았는지 등을 쭉 펴고 "죄송합니다"라고 말하며 거의 90도로 허리를 숙였다.

회사로 돌아오는데 조수석에서 고모리 과장님이 말했다.

"도대체 왜 저러나 몰라. 교통사고가 났을 때 먼저 사과하면 재판에서 진다고 귀동냥으로 들어서 사과를 안 하나?"

"그런 이야기 많이 들었어요." 나는 대답했다. "미국에서는 먼저 사과한 쪽이 재판에 진다든가."

"사과하는 건 자신에게 잘못이 있다는 증거다! 라고 할까 봐 두렵나? 순순히 사과하면 오히려 부드럽게 마무리되는 경우가 더 많은 것 같은데."

"그러게요." 나는 대답하면서 회사에 있는 어떤 사람을 떠올렸다.

"역시 사과하는 것도 용기야. 가끔 이런 말 하잖아. '사과 못 하는 병에 걸린 놈'이라고."

"사과 못 하는 병요?"

"제 실수입니다, 라든가 제가 폐를 끼쳤습니다 같은 말을 하면 죽기라도 하는지 우물쭈물 변명을 일삼거나 누군가의 탓을 하지. 또는 금세 들키는 거짓말을 늘어놓거나."

입사 이 년째에 들어서서 일이 손에 익기는 했지만, 요령이 좋은 편이 아닌 데다 실수가 잦은 나는 뜨끔해졌다. 실제로 단골 거래처에 연락하는 일을 완전히 잊어버린 일을 곧바로 보고하지 않고 시간을 끌면서 뒤에서 황급히 단골 거래처와 겨우겨우 말을 맞춘 적도 있다.

"자신의 평가가 나빠지는 건 무섭잖아요."

"뭐, 그 마음은 알지만."

조금 전 생각한 사람을 또 떠올렸다.

광고홍보부의 마르고 키가 크며 안경을 쓴 베테랑.

그때 고모리 과장님이 "지금 가도쿠라 과장을 떠올렸지?" 하고 예리하게 지적하기에 핸들을 잡은 몸이 움찔했다. 그것을 어떻게! 하마터면 그렇게 말할 뻔했다. 어물어물 물었다. "가도쿠라 과장님과 동기신가요?"

"응. 굽신굽신 가도쿠라."

"굽신굽신?" 되물었지만 그 별명의 유래는 쉽게 짐작할 수 있다. 가도쿠라 과장님은 온화하여 부하에게 화내는 일도 없고 거친 말투로 의욕을 북돋는 일도 없다. 그렇다고 아

삼 년째

이디어가 풍부한 것도 아닐뿐더러 커뮤니케이션이 능숙하지도 않다. 아무런 장점이 없는데도 어느 정도의 지위에 오른 이유는 다름이 아닌 사죄. 정확히는 사죄하는 일을 꺼리지 않기 때문이다. 그것이 나와 내 동기들을 비롯한 후배 사원들의 공통된 인식이다.

언제나 사과를 한다. 동물원에서 판다는 밤낮없이 자고 있고, 넓적부리 황새는 꼼짝도 하지 않으며, 가도쿠라 과장님은 항상 굽신거린다. 회사 내 어딘가에서 혹은 손님 앞에서 가도쿠라 과장님은 고개를 숙이고 "죄송합니다"라고 또렷한 목소리로 사과한다. 키가 크기 때문에 허리를 숙이면 눈에 띈다.

"정도가 좀 심한 것 같아." 고모리 과장님은 웃었다.

"예전에는 무릎도 자주 꿇었어. 그렇지만 무릎을 꿇으면 사과받는 쪽이 난처하니까 더는 그러지 말라고 위에서 화를 냈지."

무릎을 꿇고 죄송합니다, 하고 사과를 하는 가도쿠라 과장님 모습을 상상했다.

"사과하는 용기가 남아도는 걸까요."

"용기라기보다는, 자존심이 없는 것 같아."

"자존심요?"

"가도쿠라를 보고 있으면 사는 재미가 뭔지 궁금해져."

"집에서는 폭군 남편 아닐까요?" 그런 의외성이 있다면 조금은 유쾌할지도 모르겠다.

마쓰시마에게는 엔진이 없네.

이 년 전에 교제했던 여자친구는 그렇게 넌더리를 내고, 결국 믿을 수 없으니 헤어지자고 했다. 온 세상의 남자를 두 종류로 분류한다면 나는 아마도 가도쿠라 과장님과 같은 쪽일 것 같아서 어쩐지 친밀감 같은 동정심을 느꼈다.

"전혀 아니야. 부인이 무섭대. 눌려 산다나. 그래서인지 가도쿠라는 자주 복권을 사."

"복권요?"

"당첨되면 회사 그만둘 생각 아닐까? 부인과도 헤어진다 든가."

"복권에 당첨되면 회사를 그만둔다는 생각은 저도 해요."

고모리 과장님은 어이없다는 듯 웃었다.

귀환한 소년

"너 지금까지 어디 있었어."

눈앞에 있는 아이가 그렇게 말했다. 아이라고는 해도 나와 동갑이라, 즉 나도 아직 어리지만 오랜만에 재회한 그들은 더 어려 보였다.

"그 비행기는 뭐였어? 너, 어디 갔었어?" 한가운데에 서 있는 그가 괴롭힘을 주도한 대장이다. 못마땅한 표정이다.

"네 아버지 화 많이 났어."

이 년 전에 나는 나를 괴롭히는 소년들과 폭력을 행사하는 일 말고 재주가 없는 아버지에게서 도망쳤다. 넓은 모래밭을 죽을힘을 다해 달리다 이제 더는 못 가겠다고 포기하려는 나를 에이전트 하루토가 구해주었다. 바로 근처에 있는 적 시설에 침입하는 임무를 완수하고 돌아가던 그는 나를 비행기에 태워 울적한 일상뿐이었던 이 땅에서 탈출시켜주었다.

"그러고 보니 너, 그때 나를 때렸지?" 성난 표정이었던 그가 히쭉 웃더니 앞으로 나왔다.

어째서? 왜 그렇게 강한 척하지?

지난 이 년 동안 나는 에이전트 하루토 밑에서 도저히 즐겁다고 할 수 없는 훈련을 받았고, 일 년 전부터는 몇 가지 작전에 참여했다. 놀랍게도 첫 실전 임무는 일 년 전에 이 땅에서 완수했다. 여하튼 고작해야 약자를 괴롭혀 울분을 터뜨릴 뿐인 그들과 지금의 나는 완력은 물론 몸놀림과 격투술에서 하늘과 땅만큼 차이가 있다. 그런데도 강하게 나오는 것이 믿을 수 없었다. 즉, 그들은 싸움을 걸 상대의 역량을 알아보는 능력이 없다.

여전히 나를 업신여긴다.

"어떻게 할 거야. 그때 맞은 상처, 아직 안 나았거든." 그렇게 말하면서 내 어깨를 치려고 오른손을 뻗었다.

머리보다 몸이 먼저 움직여 그의 손을 피했다.

그들이 놀라는 모습에 나도 놀랐다.

여기서 몸싸움할 때가 아니다.

적 시설에 침입했다가 막 나온 참이다. 작년에는 신형 선투기의 정보를 입수하기 위해 에이전트 하루토와 함께 왔었는데, 이번에는 시설 내의 컴퓨터 파괴가 목적이었다.

"혼자서 갈 수 있지?" 에이전트 하루토가 물었다.

"네." 단호하게 대답했다. 처음으로 주어진 단독 임무에 조금은 불안했지만 자신도 있었다.

컴퓨터실을 찾는 데 조금 애먹었을 뿐, 실제로 별 문제없이 시한폭탄을 설치하고 나왔다. 돌아가는 일만 남았는데 그들과 우연히 마주친 것이다.

내버려두고 떠나는 것이 현명하다.

스스로에게 그렇게 말했다.

본심으로는 여기서 그들을 쓰러뜨리고, 더 솔직히 말하자면 못 일어날 만큼 때려눕히고 싶었다. 등 뒤에 이 년 전의 내가 있는 것 같았다. 굴욕과 아픔을 견디며 어둠 속에 납작 엎드려서 어떻게든 살아가던 그때의 나는 분명 지금의 나에게 "해치워버려"라고 말하겠지. 봐줄 필요 없다고.

하지만 여기서 눈에 띄는 것은 좋지 않다.

곧 설치한 폭탄이 터진다. 그렇게 되면 시설에서 추적자가 나올 것이다. 그때 내가 혼쭐낸 소년들이 쓰러져 있으면 "누구에게 당했나?", "실은 그 녀석이······." 이렇게 될 가능성이 높다. 내 정보가 적들에게 알려지면 곤란하다. 실제로 곤란한지 어떤지는 모르지만, 적어도 에이전트 하루토는 실망하겠지. 그것은 싫다.

그래서 나는 공격하지 않고 상대의 주먹을 막으면서 말했다. "알았으니까, 이제 보내줘." 그러고는 그 자리를 떠났다. 그들은 사냥감을 뒤쫓듯 따라와 이 년 전처럼 나를 에워쌌다.

당한 채로는 분하다.

하지만 머릿속에 에이전트 하루토의 가르침이 떠올랐다.

"잘 들어둬. 사과해서 끝이면 다행인 거야. 실력 행사는 제일 마지막이야."

"사과만 하면 우습게 볼 것 같아요."

"얕보이는 건 중요하지 않아. 중요한 건 해야 할 일을 하는 거지."

"자존심이 상해도요?"

"자존심?" 에이전트 하루토는 피식 웃었다.

"그런 거 어디에 쓴다고. 자신을 제대로 평가하는 건 중요하지만, 사과한다고 깨지는 자존심은 대단한 게 아니야. 체면이 어떻다는 둥 면목이 없다는 둥 말하는 녀석은 자신이 없는 거야. 정말로 자기 자신을 믿고 있다면 주위에서 어떻게 생각하든 신경 쓰지 않지."

나는 그 말을 듣자 갑자기 불안해져서 물었다.

"저기, 자존심은 뭘까요?"

나를 괴롭히는 소년들은 여전히 바짝바짝 거리를 좁혀온다. 격투기뿐만 아니라 살인 기술까지 습득한 에이전트와 양아치 패거리. 호칭부터 너무나 다르지만 그들은 그런 것조차 깨닫지 못한다.

빨리 해결해야 한다고 생각했을 때 문득 떠오른 것이 있었다. "그건 그렇고 좀 가르쳐줘." 때리는 상대의 주먹을 어깨로 막은 후 말했다.

"뭐야." 상대는 펀치가 효과가 있었다고 여겼는지도 모르겠다.

"이 년 전, 비행기를 타고 도망갔잖아. 너희들에게 쫓기고 있을 때 말이야. 그런데 그 비행기는 엔진이 없었거든. 그런데도 날아올랐어. 도대체 무슨 일이 일어난 건지 몰라서."

당시 비행기의 조종간을 잡고 있던 에이전트 하루토도 그 대답을 알 수 없었고, 지금도 우리 둘은 그 수수께끼를 풀고 싶다는 생각을 공유하고 있다.

그들은 서로 얼굴을 마주 보았다. "엔진이 없었다고? 날았는데?"

"그래. 어떻게 날았어?"

그러자 한가운데 있는 소년이 "너 말이야" 하면서 코를 벌름거렸다.

"그게 가르쳐달라는 녀석의 태도야? 가르쳐주십시오, 하고 머리를 숙이는 게 도리 아니야?"

도리든 뭐든 그런 규칙은 없을 텐데. 그런 생각을 하면서도 고분고분 머리를 숙이고 부탁했다.

"가르쳐주십시오."

"머리가 너무 높아, 머리가. 무릎 꿇고 부탁하라고."

하. 나는 한숨을 쉬었다. 마음만 먹으면 이 자식의 목을

찌부러트릴 수도 있는데. 뭐, 할 수 없지. 땅에 무릎을 댔다.

자존심은 뭔가요?

그렇게 물었을 때 에이전트 하루토가 한 대답이 머릿속에 되살아났다.

"자존심? 그건 그냥 단어잖아."

긍지 없는 남자

"혹시, 시끄러워?" 신칸센에서 옆에 앉은 가도쿠라 과장님이 귀에 꽂았던 이어폰을 빼고 물었다.

"네?" 무슨 말인가 했더니, 아마도 자신의 이어폰에서 음이 새어 나오지 않았는지 신경 쓰인 모양이다.

"아니요."

"영어 회화 공부라도 할까 해서."

"해외여행 가시나요?"

"한 번도 간 적 없어." 가도쿠라 과장님은 부끄러운 듯 얼굴을 붉혔다.

네에. 그렇게 대답하면서, 바로 얼마 전에 고모리 과장님과 가도쿠라 과장님 이야기를 했는데, 이렇게 과장님과 출장을 가게 된 사실에 놀라고 있었다.

광고홍보부가 기획한 행사의 후보지로 이나와시로 호수가 언급되었고, 가도쿠라 과장님에게 예비 조사를 다녀오라고 명령했다고 한다.

"다들 바쁘니까 제일 한가한 내가 손을 들었어." 가도쿠라 과장님이 처음에 이렇게 설명했다. 그리고 이나와시로 호수를 잘 아는 데다가 고향이 가깝다는 이유로 영업부인 나에게 같이 가자고 했다.

저도 한가해 보인다는 의미입니까! 이렇게 말하고 싶었지만 꾹 참았다.

"해외는커녕 이나와시로 호수도 처음이야." 가도쿠라 과장님은 말하고 초등학생처럼 눈을 반짝였다.

"좋은 곳이지?"

"그렇죠. 조용하고 펼쳐진 경치가 예뻐서 저도 좋아합니다. 하지만 아무것도 없어요."

"아무것도?" 가도쿠라 과장님은 놀란 표정을 지었다.

"네, 그다지요."

"호수는 있지?"

"아, 그거야 물론."

"그러면 됐지." 가도쿠라 과장님 얼굴이 누그러졌다. 어디까지가 진심인지 알 수 없다.

"호수가 있으니까."

"네, 뭐." 이렇게 대답할 수밖에 없다.

어쩌면 나는 조금 기대했는지도 모른다. 회사 내에서는 사과만 하는 한심한 가도쿠라 과장님이 사실 밑바탕은 제대로 된 사람이지 않을까, 짧은 당일치기 출장이지만 둘이서 신칸센과 자동차로 이동하면서 대화를 나누다 보면 과장님의 대단한 점을 발견할 수 있지 않을까, 하고 말이다.

그러나 같이 다니면 다닐수록 가도쿠라 과장님의 원래 이미지와 남에게 들은 소문이 희미해지기는커녕 유감스럽게도 디 또렷해질 뿐이었다.

기차 내 판매원 여성과 부딪혀 커피를 조금 쏟았을 때도 판매원보다 가도쿠라 과장님이 더 미안해하며 "죄송합니다" 하고 사과했다. 앞에 앉은 남성이 등받이를 심하게 젖혀서 "정말 죄송합니다만 조금 세워주실 수 없을까요?"라고 정중하게 부탁했는데 오히려 앞에 앉은 승객이 화를 냈다. 그때는 정말이지 나도 울컥해서 "이봐요" 하고 되받아치려는데 가도쿠라 과장님이 말렸다. 눈을 가늘게 뜨고 웃는지 우는지 알 수 없는 표정으로 "괜찮아, 괜찮으니까" 하고 가로막았다.

그리고 잡담 중에 가족 이야기가 나왔는데, "집에서는 집 사람에게 머리를 못 들겠어"부터 시작하여 "세 딸은 나를 돈 벌어오는 기계로만 생각한다니까. 그러고 보니 얼마 전에 둘째 딸을 길에서 봤는데 모른 척하더라고"라는 등 "집 사람은 항상 딸들에게 아빠 같은 사람하고 결혼하면 안 된다고 말해"라는 등 의외는커녕 내 예상에서 전혀 어긋나지 않는 데다 신선함도 놀라움도 없는 정보만 손에 넣었다. "텔레비전에서 일본인이 헤비급 왕좌에 오르는 걸 보고 흥분해서 팔을 휘둘렀는데 그만 팔이 빠져버렸지 뭐야" 같은 한심한 에피소드도 들었다.

얼마 전에 갔던 록 페스티벌에서 들은 밴드의 노래가 떠올랐다.

자, 져라 도망쳐 꽁무니가 빠지도록 / Hey 도움을 청해 존에게 포치에게 / 쓴웃음 짓고 단념해

프라이드가 뭐냐 없어 그런 거

패배자도 괜찮지 않냐. 그렇게 시원시원하게 부르는 노래는 오히려 신나고 공감되었다.

그저 진 것만으로는 패배자가 아니다. 매번 이기지 못해도 패배자라고 말하지는 않겠지.

진 것과 패배자는 다르다.

어차피 이길 수 없을 거라고 여기고, 네네, 져도 괜찮아요, 이제 아무래도 좋아요, 하고 받아들이는 시점에서 우리는 패배자가 되는지도 모르겠다.

자신의 잘못이 아니라도 사과하는 가도쿠라 과장님에게는 자존심의 'ㅈ'도 안 느껴지니 확실히 그 모습은 패배자로 보였다.

고리야마 역에서 이나와시로 호수까지 내가 렌터카를 운전했다. 조수석에 앉은 가도쿠라 과장님이 "미안해, 운전시켜서. 나는 장롱면허거든"이라고 사과하기에 나는 "과장님" 하고 불렀다.

"왜?"

"저기" 하고 말을 꺼내놓은 채로 마음속에서 또 다른 나와 싸우기 시작했다. 쓸데없는 말 말라고 달래는 나와 도저히 말 안 할 수가 없다면서 언성을 높이는 내가 격렬하게 말다툼한다.

그리고 그 결과, "과장님, 사과만 하면 힘들지 않으세요?" 라는 말이 나왔다.

"뭐?"

"과장님은 항상 사과만 하시잖아요." 한심해 보여서 창피

삼 년째

해요, 라고 덧붙이고 싶은 것을 꾹 참았다.

"하지만 잘못했으니까 사과하는 거잖아."

"그렇게 잘못하지 않았을 때도 사과하시잖아요."

"그랬나." 가도쿠라 과장님은 짐작 가는 것이 없는 모양이다.

"그다지 의식한 적이 없는데."

별다르게 행동한 것도 아니고 그저 항상 똑같은데 이성에게 인기를 얻는 사람에게 비결을 물었을 때 몸 둘 바를 몰라 하면서 "글쎄, 나는 의식한 적이 없는데"라고 대답하는 것과 말투가 비슷하다.

"하지만 사과하고 끝난다면 그것보다 좋은 건 없잖아. 뭐, 국가 대 국가라면, 나라와 사람은 전혀 다르니까 간단하지 않겠지만. 다만 사람 간의 일이라면 어설프게 고집부리는 것보다 순순히 사과하는 편이 훨씬 매끄럽게 일이 진행되지 않을까."

"그럴까요."

"체면이 걸려 있다! 이렇게 말하면서 화내는 사람이야말로 대단한 가치가 없는 사람인지도 몰라."

"그럴까요." 나는 또다시 되풀이하고 말았다.

"그래." 단언하는 가도쿠라 과장님은 나름대로 용감해 보이고 그런대로 멋있어 보였다.

사는 방식은 사람마다 다르니 신념이 있다면 가도쿠라 과장님의 삶의 방식도 멋지지 않나.

그러나 이나와시로 호수에 도착하자 마법이 풀린 듯 나는 제정신으로 돌아왔다. '역시 그건 한심해.'

귀환한 소년

이 년 전, 나와 에이전트 하루토가 탄 엔진 없는 비행기는 어떻게 날았을까.

그 수수께끼의 해답을 알게 되면 분명히 에이전트 하루토가 칭찬하겠지. 그런 생각이 들자 나는 필사적이 되었다.

가르쳐주십시오, 부탁드립니다. 그렇게 말하며 그 자리에 무릎을 꿇으려고 했다.

그때 소리가 들렸다. 왼쪽 전방, 꽤 먼 곳에서 연기가 피어올랐다.

설치해둔 폭탄이 터진 것이리라.

시계를 확인하니 딱 예정한 시각이었다.

주변이 흔들리자 나를 둘러싼 양아치 패거리들도 뭐야,

삼 년째

하고 주위를 둘러보았다. 폭탄이다, 폭탄이야, 하고 떠들어 댔다.

이제 제한 시간이 지났다.

빨리 떠나야 한다.

뒤를 돌아보며 타고 온 비행기를 세워둔 방향으로 걸어 가는데 또 그들이 쫓아와 빙글 에워쌌다.

도망갈 수 있을 것 같아? 그렇게 물어도 나로서는 그렇다 는 대답밖에 할 말이 없다. 식은 죽 먹기입니다, 라고.

"빨리 돌아가고 싶은데"라고만 말했다.

"돌아간다고? 네 아버지에게? 결국 아무 데도 갈 데가 없 잖아."

덮어놓고 놀린다고 통하지는 않을 텐데.

"사과해서 끝이면 다행인 거야." 에이전트 하루토의 말이 다시 떠올랐다. 머리를 숙이며 말했다.

"미안하지만 이제 보내줘."

숙인 내 머리를 그들이 때렸지만 신경 쓰지 않았다.

그야말로 일각을 다투는 상황이다.

서둘러야 한다.

그러나 이러니저러니 이러쿵저러쿵 주절주절 시끌시끌, 그들이 앞길을 막고 있어서 시간이 걸렸고, 어느새 적 기지에서 나온 무장한 적들이 우리를 포위했다.

"너희들, 움직이지 마." 그들이 총을 겨누며 경고했다.

"여기서 뭘 하고 있었지?"

적은 약 열 명 정도다. 폭발 직후 시한폭탄을 설치한 침입자, 즉 나를 찾아 주위를 수색하기 시작했으리라. 행동이 느리다. 아니면 내가 너무 꾸물거렸나.

어떻게 하면 좋을까.

나를 위세 등등하게 둘러쌌던 그들은 놀랄 정도로 겁에 질려 있다. 갑자기 나타난 총 열 자루에 깜짝 놀라 선 채로 얼어붙어서 떨고만 있다.

"뭘 하느냐고 물었다!" 또 말했다.

뭘 하고 있기는. 떨고 있는 양아치 패거리들을 바라보면서 나는 또랑또랑하게 대답했다. "죄송합니다. 얘들이 저를 괴롭히고 있었어요."

그런 말 하지 마! 그렇게 말하듯 뒤를 돌아보는 그들에게 나는 눈짓을 했다. 총을 든 녀석들이 찾는 것은 양아치 패거리가 아니니까. 그렇게 설명하면 문제는 일어나지 않을 것이다.

괴롭힘? 아이들 싸움 같은 건가?

그들이 대화하듯 서로 얼굴을 마주 보는 모습을 보며 나

삼 년째

는 그 자리에서 벗어나려고 한 발짝씩 뒤로 물러났다.

틈을 타서 달릴 수밖에 없다. 발포해도 어떻게든 되려나.

머릿속에서는 여러 선택지가 떠올랐지만 죄다 위험했다.

"죄송합니다. 저희 어떻게 할까요?" 양아치 패거리 중 한 명이 금방이라도 울 것 같은 목소리로 말했다.

"저희는 아무 짓도 안 했어요." 리더도 울고 있다.

이것으로 놓아준다면 고맙겠는데. 나는 양손을 든 채 총을 든 녀석들을 가만히 관찰했다.

이 녀석들은 내버려두자. 그렇게 말하고 떠나기를 기대했다.

하지만 현실은 무르지 않다. 총을 든 적 한가운데에 있는 남자가 "수상한 녀석은 전부 체포하라는 지시가 떨어졌다. 이 녀석들을 다 체포해"라고 말하는 것이 아닌가.

양아치 패거리들은 비명 섞인 목소리로 아우성쳤고 공포에 질린 나머지 다리에 힘까지 풀린 모양이다.

"저항하면 상관하지 말고 쏴."

어떻게 해야 좋을까. 나는 필사적으로 머리를 굴렸다. 역시 사과로 끝나지는 않을 것 같다.

긍지 없는 남자

도쿄로 돌아가는 신칸센을 기다리면서 고리야마 역 구내에 있는 커피숍에 들어갔다.

가도쿠라 과장님이 이나와시로 호수에 들렀던 감상을 이야기했다. 나로서는 여느 때와 다르지 않은, 언제나 똑같은 모습의 이나와시로 호수였지만 처음 방문한 가도쿠라 과장님은 몇 번이나 "정말 좋네. 멋지다"라고 감탄했다. 고향의 영웅이 칭송받는 느낌이라서 물론 나쁜 기분은 아니었다.

"광고 촬영지로도 정말 좋겠어. 좋은 보고를 할 수 있을 것 같아."

"아, 그렇습니까." 나는 그저 건성으로 대답했다.

"집에서 이런 걸 먹으면 가족들이 애 같다며 기분 나쁜 표정을 지어." 눈앞에서 호인처럼 웃으며 싸구려 케이크를 맛있게 먹는 가도쿠라 과장님을 바라보고 있으니 나는 미래의 자신을 보는 듯해서 속이 쓰렸다.

쓸데없는 말을 하면 안 된다.

작년에 그것을 통감했다. 그 자리의 분위기에 휩쓸려 사람에게 상처주는 말을 내뱉고 자기혐오에 빠져 괴로워했다.

그렇기에 지금도 쓸데없는 말을 하면 안 된다고 생각했

다. 가도쿠라 과장님, 항상 사과만 하고 자존심은 없나요? 인생이 재미있으신가요? 하고 묻고 싶지만 꾹 참았다.

그 대신 "가도쿠라 과장님, 복권 사시나요?"라고 물었다.

"얼마 전에 고모리 과장님이 그러시더라고요."

"아, 고모리 과장은 정말 바쁘지."

분하지 않으세요? 하는 말도 삼켰다.

"복권, 당첨되면 어떻게 하실 거예요?"

"전에는 1등에 당첨되면 회사 그만두고 자유롭게 살까, 생각도 했는데."

"전에는?"

"역시, 지금 회사 그렇게 싫지 않아서."

"사과만 하시잖아요." 무심결에 말이 헛 나와서 아차, 싶었지만 가도쿠라 과장님은 별로 신경 쓰지 않고 온화하게 미소 지으며 대답했다.

"그건 그거대로 기술과 경험이 필요해."

"하지만 1등에 당첨되면 역시."

"1등에 당첨돼도 마찬가지겠지. 음, 내 경우는 전후前後상 (1등 앞뒤 번호에 주어지는 상으로 2등보다 훨씬 상금이 많다-옮긴이)이었지만."

"네?" 다른 귀로 흘릴 뻔했다.

"지금, 뭐라고 하셨어요?"

"응? 전후상."

"네? 전후상, 당첨되셨어요?"

"정확하게는 뒤쪽이었지만. 번호가 하나 뒤였어. 얼마 전에 드림 점보 복권."

"드림 점보 복권 전후상요? 그거 금액 꽤 많지 않았어요?"

가도쿠라 과장님은 흥분하지도 않고 그저 담담히 고개를 끄덕이더니 "맞아. 1억 엔이었나" 하고 대답하기에 나는 힉, 하고 비명을 지를 뻔했다. "잠깐, 잠깐만요" 하는 말만 되풀이할 뿐이었다.

"기다려달라면 기다리지."

"정말이에요? 그게."

"거짓말해서 뭐 하겠어."

"아무 데서나 그런 말 해도 괜찮으세요?"

"말해도 괜찮냐니? 무슨 의미야?"

"그야, 그런 거금이 손에 들어오면 무섭잖아요." 지금 나조차도 주위의 귀가 신경 쓰일 정도다. 누군가가 알게 되면 도둑맞거나 협박당할 위험이 있지 않나? 무서워졌다.

가도쿠라 과장님은 "아, 괜찮아, 괜찮아" 하더니 활짝 웃었다.

"전부 기부했으니까."

"네?" 당연히 나는 되물었다.

"기부했어. 마침 수술 비용이 필요한 어린이를 위해 모금한다는 뉴스를 봤거든. 큰일이잖아, 장기 이식이라니. 그 아이는 해외가 아니면 안 되는 모양이더라고."

"네? 정말로요?"

"응, 해외로 나가는 비용이다 뭐다 해서 막대한 금액이 필요하대. 정말 큰일이지."

"아니, 그게 아니고요, 정말로 기부하셨어요?"

"그래."

"그렇다뇨, 전부요?"

"가족이 알면 귀찮아지니까 들키지 않도록 말이야."

"그래도 괜찮으세요?" 나는 분명 과장님의 말을 들었지만, 아직 이해는 되지 않았다.

"안 되는 거였나?"

"아니, 그렇지는 않지만요. 아깝지 않아요?" 내 목소리가 떨렸다.

"아깝기는, 복권값은 3천 엔 정도잖아."

"말도 안 돼." 나도 모르게 말이 튀어나왔다. 눈앞에서 케이크를 먹는, 사과만 하는 패배자라고 생각한 가도쿠라 과장님이 갑자기 대단해 보였다.

"역시 복권은 당첨될까, 안 될까 하는 두근거림이 묘미야. 막상 당첨되니까 그다지 별일도 아니더라고."

정말이지 전혀 동의할 수 없습니다.

그렇게 말하고 싶지만, 지금은 과장님에게서 나오는 듯한 눈부신 후광, 그 포근한 빛에 사로잡혀 있었다.

멋지다.

그렇게 말해도 되는지 모르겠다. 어떻게 표현할 수 있는 인물인지 하나도 모르겠지만, 가도쿠라 과장님이 평범한 패배자가 아닌 것만큼은 확실하다. 그런 느낌이나.

"아, 이 이야기는 비밀이야. 기부한 거 좀 위선 같잖아."

대단해요, 과장님.

그 밴드의 노래가 떠올랐다.

프라이드가 뭐냐! 프와 라와 이와 드다!

자존심은 그냥 단어일 뿐이다.

점점 가슴이 뛰고 신이 나기 시작했다.

그러나 그 직후, 가도쿠라 과장님이 갑자기 자신의 양복을 더듬으며 "어라" 하고 중얼거리더니 가방 속을 뒤지기 시작했다.

삼 년째

왜 그러냐고 물으니 스마트폰이 없어졌어, 라고 말하며
울상을 지었다.

"어딘가에 떨어트렸나 봐."

멋있는지 멋없는지 모르겠네. 나는 쓴웃음을 지으며 물
었다. "제가 과장님 스마트폰으로 전화해볼까요?"

귀환한 소년

처음에는 무슨 일이 일어났는지 알지 못했다. 진동과 소
리, 빛이 어떤 순서로 발생했는지, 혹은 동시에 발생했는지.

총을 겨누고 있던 녀석들의 바로 뒤쪽이 갑자기 흔들리
기 시작했다. 물론 모래밭이 이어져 있으니 내 발밑도 흔들
렸다.

지면 아래에 빛을 내는 물체가, 그것도 꽤 큰 판자 같은
것이 묻혀 있는 듯했다.

멜로디가 커다랗게 울려 퍼져서 그 자리에 있던 사람들
은 다들 귀를 막았다.

나도 그랬지만 지금 이 기회를 놓치면 안 된다는 사실을
깨달았다.

진동과 소리에 발이 움츠러드는 것을 꾹 참고 달렸다.

뒤에서 적들이 총을 쏠 수도 있지만 이렇게 흔들리니 명중하지 않을 것 같았다.

정신없이 달려 어떻게든 초목 덤불로 뛰어들었다. 매미 제트. 작년에 이 기지에서 빼앗은 매미를 활용한 비행기를 우리는 그렇게 부르는데, 미리 대기시켜놓은 매미 제트에 올라탔다.

청진기 모양의 컨트롤러를 조작하여 바로 날아올랐다.

날갯짓 소리와 함께 속도를 높였다. 상공에서 내려다보니 방금까지 내가 있던 곳은 여전히 빛나고 있었다.

삼 년째

사
년
째

입사 삼 년 차의 남자

입사하고 삼 년째가 되자 일도 능숙해졌다. "삼 년 차 때가 제일 건방져. 아직 지위도 낮은 주제에 베테랑인 척하고 신입에게 선배 대접받으려고 한다니까." 나보다 나이 많은 사원에게 이런 말을 듣는 것도 익숙해졌다.

영업부 상사는 "삼 년 차가 되면 단골 거래처 직원에게 데이트 신청해보려는 엉뚱한 생각도 하지"라고 말했다. '데이트 신청'이라는 말도 촌스럽고, 생물이라면 연애하고 싶다는 욕구는 엉뚱하다기보다 바르고 성실한 거 아닌가. 그런 반발심도 있었지만 내색하지 않았다.

학생 시절 빈둥거리던 나에게 "마쓰시마에게는 엔진이 없어"라고 비판하며 떠난 옛 연인을 그다지 떠올리지 않게 되었다.

어느 날 밤, 야근할 때였다.

다음 날 쓸 자료가 완성되지 않아, 그렇다기보다 저장 전에 실수로 삭제한 부분을 처음부터 다시 만드는, 수행 같은 작업을 하다 보니 어느새 동료들이 대부분 퇴근해서 사무실이 어둑해졌다.

마지막으로 퇴근하는 사원은 문단속한 뒤 보안 장치 조작을 해야 하기 때문에 나는 눈치를 살피다가 야근하는 다른 사원은 뭘 하나 살펴보려고 불이 켜진 곳으로 향했다.

선배 사원인 그녀가 있었다.

바닥에 쭈그려 앉아서, 아니 거의 엎드려 있어서 처음 봤을 때는 미니카를 가지고 노는 줄 알았다. 미니카를 바닥에 놓고 손으로 밀면서 그것을 가까이에서 바라보는 듯한, 바로 그런 자세였다.

자세히 보니 미니카가 아니었다.

거꾸로 엎어놓은 머그잔이다. 깜짝 놀랐다. 보면 안 되는 기행을 보고 말았다.

그녀가 나를 알아채고 바닥에 무릎을 댄 채로 얼굴을 들었다. "아, 마쓰시마 씨, 무슨 일이에요?"

내 이름을 알고 있어서 조금 놀랐는데, 사실 나도 그녀

이름이 '덴노'라는 것을 알고 있었다. 두 기수 위 선배였다.

"아, 야근 중이에요."

"나도."

"저기, 그건 무슨 작업인가요?" 바닥에 머그잔을 엎어놓고 이동시키는 작업이 우리 부서에 있었나.

그제야 그녀도 내가 왜 당혹스러워하는지 눈치챈 듯 "아, 이건" 하고 말하며 웃었다.

"알고 싶어?"

"꼭요."

"어떻게 해야 할지 몰라서. 상상도 할 수 없는 일이 일어났거든."

"네에."

그러자 참으로 소름이 돋는 무서운 이야기를 해주었다.

그것이 있단다.

바퀴벌레! 한밤중의 회사에서 바닥을 기어 다니는 까맣게 빛나는 바퀴벌레라니, 오싹하다.

그녀는 깜짝 놀라 어떻게든 해야 할 것 같았단다. 그러나 때려서 찌부러트릴 수도 잡을 수도 없어서 생각한 끝에 머그잔을 들었다고 한다. "순간적으로 이걸로 가두어버렸어."

"그러니까 그 안에……."

"응, 그 벌레."

비명을 지르며 그 자리에서 떠나고 싶었다. 하지만 여성 혼자 궁지에 내버려두는 일은 내키지 않았다. "그럼 어떻게 하실 생각이에요? 그거."

"그러게 말이야."

바퀴벌레는 머그잔 안에 갇혀 있다. 가두기는 했지만 해결은 되지 않았다. 컵을 들면 도망친다.

"그럼 얇은 종이 같은 걸 바닥과 머그잔 사이에 끼워서."

"어떻게?" 화난 말투였다. 그런 무서운 일을 할 수 있느냐는 의미인 모양이다.

"해봐."

"싫어요." 선후배라는 서열은 있지만 정말이지 이것만큼은 받아들일 수 없다.

"그렇지? 그러니까 이렇게 밀어서." 머그잔을 미니카처럼 움직인 것은 이런 이유였다.

"구석 쪽으로."

"구석까지 가면 그다음은요?" 사무실이 정원 같은 곳과 이어진다면 내쫓듯이 놓아줄 수도 있지만 여기는 회사 빌딩 8층이다. 그보다도 저 안에 벌레가 있다고 생각하면 소름이 돋는다.

"이대로보다는 낫잖아."

"그럴지도 모르지만요. 그대로 같이 엘리베이터에 타려고요?"

"마쓰시마 씨, 날 바보로 알아?"

"그렇지 않습니다."

결국 어떻게 되었느냐면, 그녀는 사무실 구석에 있는 휴지통 근처까지 머그잔을 이동시키고는 일어났다. "그다음은 어떻게든 되겠지."

"어떻게든 될까요?" 내 표정은 굳어 있었으리라.

"그런데 저 머그잔은 어떻게 해요?"

"괜찮아, 괜찮아."

"아깝잖아요."

그러자 그녀는 최근 유행하는 고급 브랜드 로고가 들어간 머그잔을 보고 자기 건너편 자리를 보더니 어깨를 으쓱했다. "저거 과장님 거야."

내 얼굴이 떨리는 것을 느꼈다.

"설마."

"나도 모르게, 무심코."

"무심코? 그 말로 끝날까요?"

"괜찮다니까." 그녀는 그러고는, 나중에 생각해보니 자신

　　　　　　　　　　　　　　　　　사 년째

의 몸을 묶은 쇠사슬을 억지로 끊어내는 심정으로 굳게 결심이라도 했는지, 양팔을 위로 쭉 펴서 기지개를 켜고 말했다. "나, 과장하고 불륜 관계였거든."

"네?"

"부인하고 헤어지겠다는 말을 믿었지. 그렇지만 이제는 나도 한계야. 그러니까 저 정도는 괜찮아. 머그잔 말야."

"네에." 이럴 때 무슨 말을 하면 좋을까 퍼뜩 떠오르지 않았다.

그녀는 후련한 표정으로 퇴근 준비를 했다. 나는 바로 내 자리에 돌아가지 못하고 그저 서 있었다.

"삼 년이야, 삼 년." 그녀는 가방 지퍼를 잠갔다.

"시간 허비했지 뭐야."

머릿속에 예전부터 자주 들었던 노래가 떠올랐다.

시간과 사람의 마음은 컨트롤 못 하게 됐지

그 가사에 이끌리듯 "시간과 사람의 마음은 어떻게도 할 수 없네요"라고 말했다.

"하지만."

하지만 그 외에는 그 두 가지 외에는

"시간과 사람의 마음, 그 외에는 어떻게든 할 수 있어요."

나 자신도 놀랄 만큼 단언하듯 말이 나와서 뜨끔했다.

그녀도 한순간 눈이 휘둥그레지더니 바로 싱긋 웃었다.

"마쓰시마 씨, 삼 년 차가 되니 멋진 말도 할 수 있게 됐네."

구출하는 소년

에이전트 하루토도 안됐어.

본부에서 들은 말을 또 들었다. 기지 내에서 회의실 옆을 지나가는 데 우연히, 그렇다기보다 에이전트 하루토의 상황이 신경 쓰여서 정보를 얻으려고 서성거렸는데, 회의가 끝나고 회의실에서 나오던 상관 한 명이 그렇게 말했다.

"안됐어. 이건 분명히 함정에 빠진 거야."

"파벌 싸움에 희생된 거지." 다른 상관도 동정하듯 그렇게 말했다.

에이전트 하루토가 적 기지에 잠입하다 잡혔다는 정보가 들어왔다. 삼 년 전 내가 도망쳐 나온 그 고향, 고향이라고 부르기에는 눈곱만큼도 애착이 없지만 어쨌든 그 땅의 시설이다.

또 그곳이다.

이 년 전에는 둘이 함께 다녀왔고, 작년에는 내가 혼자서 다녀왔다. 매번 계획대로 되지 않고 아슬아슬하게 도망쳐 왔으니 나에게는 재수 없는 장소다.

에이전트 하루토와는 일주일 전에 마지막으로 만났다. 기지 내의 식당에서 나란히 앉았다.

우리가 무슨 이야기를 했더라.

"에이전트 하루토, 결혼했었네요?" 무례한 질문인지도 모르지만 이전부터 묻고 싶었다. 그러고 보니 에이전트 하루토의 사적인 일은 하나도 모른다.

"얼마 전에 에이전트 오하라에게 들었어요."

스낵 과자만 먹는 에이전트 오하라는 간식 사이에 또 간식을 먹는 식욕, 간식욕이 남다른 남자로, 첩보원으로서 유능하냐고 묻는다면 에이전트 하루토의 발끝에도 못 미치는데, 어쩐지 두 사람은 콤비로 활동하는 일이 많다.

"맞아. 결혼했었어. 하지만 병으로 세상을 떠났어."

거기까지는 말해주지 않았다. 알고 있었다면 묻지 않았을 텐데. 하여튼 에이전트 오하라는 도움이 안 된다니까. 중요한 것은 알려줘야지. 나는 속으로 욕을 했다.

"그런가요."

"응."

"외롭겠어요."

"뭐, 그렇지."

에이전트 하루토는 쓸쓸한 기색은 전혀 없이 수긍했다.

우리는 잠시 말이 없었다. 잠시 후 에이전트 하루토가 말했다. "정해두면 좋았을걸."

"정해요? 무엇을요?"

"다음에 다시 태어났을 때 어떻게 만날지."

"무슨 뜻이에요?" 다시 태어난다, 그런 현상을 그가 믿으리라고는 꿈에도 생각 못 했다.

"전에 어디선가 이런 노래를 들었어."

"노래요?"

다음 별에서도 알 수 있도록 약속의 룰을 정해두자 / 정해두자 이야기하자 지금 작전회의!

에이전트 하루토는 부끄러운 듯 작은 목소리로 흥얼거렸다. "이 노래를 좀 더 빨리 들었다면 의논했을 텐데."

"부인과요?"

"뭐, 어떻게든 되겠지만."

"어떻게든?"

"그때가 되면 만나겠지."

어디까지가 진담인지 판단할 수 없지만, 웃으며 넘기기

사 년째

도 괴로웠다. "그럼 저와 정해요"

"너와?"

"합류 신호요. 서로 어디에 있는지 모를 때를 대비해서."

"없어도 돼, 그런 거. 너는 혼자서도 잘하잖아."

그런 대화를 나눈 다음 날, 에이전트 하루토는 잠입 임무를 받고 적진으로 출발했다. 그리고 정체가 발각되어 잡혔다는 정보가 우리 쪽에 들어왔다.

에이전트 하루토가 실수를? 그것도 충격이었지만 상관들이 안일하게 대책을 세우는 모습에 더 충격을 받았다.

그리고 지금 회의가 끝나고 나온 상사들이 "함정에 빠졌다", "파벌 경쟁에 희생됐다"라고 했다.

에이전트 하루토가 방해된다고 여기는 어떤 분이, 정확히는 어떤 분들이 적에게 정보를 흘렸을지도 모른다. 에이전트 하루토에 대해서. 그분들은 분명히 우리 기관 안에서 권력을 쥐고 있을 것이다.

그러니 진지하게 구출 작전을 세우지 않는 것이다. 오히려 이해가 된다.

고민할 필요 없다. 아무도 구하러 가지 않는다면 내가 갈 수밖에 없다. 혼자 잡혀 있는 에이전트 하루토를 상상하니 숨이 턱턱 막혀왔다.

이번에는 내가 구할 차례. 그 정도는 알 수 있을 정도로 나는 유능해졌다.

저녁 훈련을 몰래 빠져나와 기지 차고에 숨어들어 신형 비행 곤충을 탔다. 이 년 전 우리가 적 기지에서 빼앗아 온 매미 제트는 우수했지만 날갯소리가 크다는 결점이 있었다. 연구 개발부가 그 후 이런저런 개량을 거듭했지만 소리를 줄이는 일이 생각대로 되지 않아서 결국에는 다른 곤충으로 눈을 돌렸다. 그것이 하루살이다. 그 땅에서 대량 발생한 것을 직접 봤는데 매미에 비하면 작고 가냘프며 무엇보다 날갯소리가 작았다. 연구 개발부는 그 하루살이를 기르면서 거대화하는 실험을 거듭했고 그 결과, 매미만큼 큰 하루살이를 우화시키는 데 성공했다. 얼마 전부터 비행 곤충으로 대량 생산을 시작한 참이었다.

살며시 다가가 배 부분에 달린 바구니에 뛰어들어 바로 마이크를 목에 대고 소리를 내어 발진시켰다. 조종하는 것은 처음이지만 기본적으로는 매미 제트와 크게 다르지 않다. 아니, 애초 이 비행 곤충은 조종법이 필요 없었다.

사 년째

입사 삼 년 차의 남자

나와 덴노 씨는 그날 밤 머그잔 일을 계기로 조금 가까워졌다.

솔직히 그녀에게 끌렸지만 상사와 불륜을 이제 막 청산했다는데 그럼 저는 어떤가요? 하고 손을 들 수는 없다.

그저 그 후에 우연히 기획 하나를 함께 담당하게 되었는데 그 '우연'도 유쾌한 일이었기 때문인지 그녀도 나름대로 친밀감을 느끼는 것 같았다.

직장 동료, 선배와 후배로서이긴 했지만 같이 밥을 먹거나 술을 마시는 일도 늘었다.

별것 아닌 공통점이더라도 길조처럼 여겨진다.

그녀가 "나, 센다이 출신인데"라고 말하자마자 "저는 아이즈예요"라고 강조하며 몸을 내밀었다. 미야기 현(센다이는 미야기 현에 있다-옮긴이)과 후쿠시마 현(아이즈는 후쿠시마 현에 있다-옮긴이)은 서로 인접해 있고, 같은 도호쿠 지방이지만 그것도 해석하기 나름이고 어느 현이라도 "같은 일본 아닌가요!" 하고 감동하려면 얼마든지 할 수 있다.

그렇기에 "센다이와 아이즈, 별 상관없잖아"라고 응수한다면 어쩔 수 없지만, 그녀는 "아! 아이즈" 하고 바로 목소리를 높였다.

"초등학교 수학여행 때 갔었어. 그때 이나와시로 호수도 갔었지. 햣코도(白虎刀, 목제 전문 기업인 다카하시 산업이 만든 모조 칼로, 수학여행 기념품으로 인기가 있다-옮긴이)도 샀어."

"네? 그거 어디에 써요?"

얼핏 보니 그녀가 우울한 표정을 짓고 있다. 뭔가 해서는 안 될 말을 했나, 당황하며 되새겨봤는데 짚이는 점이 없다.

"그때 안 좋은 일이 있었던 게 생각났어."

"우리 이나와시로 호수에서 무슨 일이?" 배뇨 실수라도?

"심술궂은 동급생이 있었는데. 내 소중한 물건을 호수에 던져버렸어."

"소중한 물건요?"

"아빠에게 받은 거였어."

"뭔데요?"

"그날 갑자기 아빠가 '작전회의를 하자'고 했거든."

"무슨 작전요?"

"나는 초등학생이고 언니는 중학생이었는데 우리에게 '얘들아, 앞으로 인생을 살다 보면 힘든 일이 생길지도 몰라. 아니, 반드시 생겨. 하지만 두려워할 필요는 없어. 대부분은 다시 원래대로 돌아오니까. 다시 시작할 수 있단다'라고 말했지. 작전이라고 할 정도로 대단한 건 아니었어."

맥주잔에 담긴 맥주를 벌컥벌컥 마시는 그녀의 옆얼굴을 나는 찬찬히 바라보았다.

"그리고 얼마 지나지 않아서 아빠가 돌아가셨어. 우리에게 병이 있다는 걸 숨기셨던 거야."

"그래서 작전회의를 하고 싶으셨군요."

"그렇지만 결국 그 후에 수학여행 가서 이나와시로 호수에서 동급생과 다투고, 상사와 불륜이나 하고 좋은 일 하나도 없네."

"그런 때야말로 작전이 효과를 발휘하죠." 나는 말했다. "조급해하지 않고 다시 하는 겁니다."

"그러니까 그거 작전이라고 말할 정도도 아니었다니깐."

구출하는 소년

하루살이를 착륙시킨 후 그 어둡고 광활한 모래투성이 땅을 나는 그저 걸었다. 나노 나침반을 이용하면 대략적인 방향을 파악할 수 있어서 오래 걸리지 않아 적 시설에 도착했다.

작년에 왔었다고 얕봐서는 안 된다. 일 년 지나면 방범 기술은 발전한다. 사용했던 방법도 이제는 대책을 세웠으리라. 나는 기도하면서 가지고 있는 시큐리티 브레이커를 출입구 손잡이에 가져다 댔다.

이 일 년 동안 지키는 쪽과 공격하는 쪽, 당신들과 우리, 어느 쪽 기술이 향상되었을까, 그 승패의 결과를 판정하는 역할을 맡은 듯한 기분이다.

딸깍, 해제음이 들려서 나는 안심했다.

올해도 우리의 승리. 내년에 또 대결하죠.

그런 생각을 했다. 내년에 또? 재수 없게. 더는 오고 싶지 않다.

시설 안을 종종걸음으로 이동했다. 소리가 안 나는 나노 슈즈를 신었지만 몸을 투명하게 만드는 슈트까지 입고 올 여유가 없었기에 발각되면 끝이다.

작년에 침입했을 때 외운 시설 구조는 아직 머릿속에 남아 있다. 그것을 떠올리며, 물론 달라진 부분도 있지만, 안쪽으로 향했다.

좁은 통로를 나아가니 갈림길이 몇 개 나타났다. 도대체 어디로 가야 하나.

'정해두면 좋았을걸.' 길을 찾다가 그런 생각을 했다. 뻘

사 년째

뿔이 흩어졌을 때 어디서 어떻게 합류할까, 혹은 자신이 있는 장소를 어떻게 알릴까, 정해두었어야 했다.

만약 정했다면 어떤 신호를 택했을까.

표식을 남긴다? 깃발을 흔든다? 냄새? 아니면 소리인가.

내가 할 수 있는 것이라고는 고작 새소리 흉내밖에 없다. 그런 생각을 하면서 목소리를 떨면서 높이 내어 예전부터 자주 했던 새소리 흉내를 냈다.

적 시설 내에서 소리를 내는 것은 위험한데, 이렇게 소리를 내다니 너무나도 조심성이 없다. 그런데도 왠지 그만두지 못하고 연이어 소리를 내며 통로를 나아갔다.

바로 그때 쿵, 하고 소리가 났다. 뒤쪽 어딘가에서 무언가가 떨어졌든가 쓰러진 것처럼 들렸다.

에이전트 하루토다. 내 새소리 흉내를 듣고 반응했다. 분명하다. 근거는 없지만 그렇게 확신할 정도로 나는 냉정하지 못했다.

결과부터 말하자면, 내 직감, 희망이 담긴 예감은 맞았다. 뭐든지 믿고 볼 일이다.

뒤를 돌아 소리가 난 쪽을 더듬으며 나아가니 재차 덜커덩거리는 소리가 났다. 그 기척을 의지하여 다가갔더니 작은 문이 있어서 문에 달린 유리창으로 안을 들여다보았다.

방 안에 의자가 쓰러져 있고 거기에 에이전트 하루토가 묶여 있었다.

문을 해제하고 서둘러 안으로 들어갔다. 쓰러져 있는 에이전트 하루토에게 달려가 그를 묶은 줄을 필사적으로 끊었다.

문을 열고 들어온 것이 나라는 사실을 깨닫자 에이전트 하루토는 깜짝 놀랐다.

"구하러 왔어요." 설마 이런 말을 에이전트 하루토에게 하는 날이 올 줄은 생각지도 못했다.

"신호, 알아채셨어요?"

"신호?"

"새소리 흉내요."

"그게 너였어? 새가 있나 싶어서 몸을 비틀었더니 의자째 쓰러졌을 뿐이야."

아무런 신호도 정하지 않았으니 그것도 그런가. 어쨌든 그를 끌고 밖으로 나왔다.

"도망치죠."

시설에서 뛰어나왔지만 에이전트 하루토는 계속 의자에 묶여 있었던 탓인지 연거푸 쓰러졌다. 처음 만난 이래 이렇게나 약해진 그를 본 적이 처음이라 불안했다. 그렇기에 내

사 년째

가 이끌어야 한다.

"솔직히 이번에는 이제 끝이라고 생각했어."

"죄송하지만 아직 부인과 만나게 할 수는 없어요."

"그런가." 그는 쓸쓸하게 웃었다.

모래를 박차면서 구릉을 올랐다. 저 멀리 커다란 달이 보였다. 느긋하게 우리를 바라보는 듯하다. 분명히 관전하는 기분이겠지.

"누군가가 적에게 정보를 흘렸어요."

"그런 거겠지."

"파벌 싸움 때문에. 그보다 어느 파였어요?"

"너도 알잖아. 나와 사이가 좋은 사람은 오하라뿐이야."

우리 기관에 파벌이 몇 개 있다는 사실까지는 파악하고 있는데, 어쩌면 어디에도 속하지 않았기에 에이전트 하루토를 여러 곳에서 거북해하고 경계한 것일지도 모른다.

"아, 그러고 보니 적 정보를 하나 입수했어."

숨을 헐떡이며 내 뒤를 따라오는 에이전트 하루토가 말했다. 이 와중에도 스파이 활동이라니.

"새로운 비행 곤충이라도 만들었나요? 우리의 하루살이도 나쁘지 않은데요." 나는 그것을 타고 왔다고 말했다.

"아니, 탈것이 아니야. 아직 미완성이지만 꽤 큰 물체야."

"뭔데요?"

"움직여. 흔들린다고 할까. 시설 자료를 읽었는데 아주 오랜 옛날 흘러온 거대 유적을 바탕으로 했대."

"거대 유적요?"

"그걸 실용화하려고 연구하는 모양이야."

주르륵 미끄러져 넘어질 뻔해서 발에 힘을 꾹 주었다. 신발 아래에서 모래가 줄줄 흘러내린다.

"어서 돌아가죠."

"어디로?"

"그거야……." 말문이 막혔다. 에이전트 하루토를 함정에 빠트린 상관늘이 있는 그 기관으로 돌아가도 되는 것일까. 하지만 달리 갈 곳이 없다.

그때 시끄러운 소리와 함께 발밑의 모래가 튀었다.

뒤에서 총을 쏘았다. 표적을 빗나가게 한 위협사격으로 보였지만 지금 달린다면 다음은 정말로 총을 맞겠지.

돌아보니 무장한 적이 세 명 있다. 연사할 수 있는 총을 겨누고 있다.

나와 에이전트 하루토는 그들을 마주 보고 손을 들었다.

또.

작년에도 재작년에도 그랬다. 여기에 오면 언제나 이렇

게 된다.

모래밭에서 적에게 둘러싸였다.

마치 누군가가 마음대로 시나리오를 쓴 듯 되풀이된다. 매년 일어나는 이벤트에 가깝다.

뒤에서도 무장한 자들 몇 명이 다가오는 기척이 느껴졌다.

우리에게 총구를 단단히 겨누고 있다.

"이건 좀." 내가 말했다. "좋지 않네요."

"미안하다. 말려들게 해서." 에이전트 하루토가 낮게 중얼거렸다.

"아니요." 내가 오고 싶어서 왔을 뿐이다.

"에이전트 하루토가 없었다면 저는 오래전에 여기서 끝났을 거예요."

"정해둘걸 그랬어."

"무엇을요?"

"다음에 만날 때 합류하는 방법."

이전에 그가 가르쳐주었던 가사가 마치 귓전에 들리는 듯했다.

다음 별에서도 알 수 있도록 약속의 룰을 정해두자 / 정해두자 이야기하자 지금 작전회의!

눈앞의 적들은 금방이라도 총을 쏠 것 같다. 항복과 교섭의 여지는 없었다. 틀림없이 신호가 떨어지자마자 쏘겠지.

그런 생각을 했을 때 적 한 사람이 "쏴!" 하고 외쳤다.

훈련을 받은 스파이라면 눈을 뜨고 있어야 한다. 죽음을 앞두고도 현실에서 눈을 돌리지 않을 만큼 강해야 한다.

하지만 나는 즉시 눈을 감았다. 자각은 없었지만 그러고 말았다. 캄캄해졌다. 다음 별에서도 또 에이전트 하루토를 만났으면 좋겠다.

입사 삼 년 차의 남자

"어차피 올 거면 낮이 좋았을 텐데." 선배가 웃었다.

이나와시로 호수 주차장에서 모래밭으로 향했다.

설마 그녀와 여기에 오다니.

작년에 우리 부서가 참여한 이나와시로 호수 행사가 예상보다 평이 좋아서 올해도 또 하자는 이야기가 나왔다. 이나와시로 호수만이 아니라 아이즈와카마쓰, 고리야마 등 범위를 넓혀서 기획하자고 누가 제안했는데 또 다른 누군가가 "자네와 자네, 기획해봐"라고 지시했다. 그 '자네와 자네'가 나와 그녀였다.

관계자와 회의가 끝나고 고리야마 역으로 향하는 도중 렌터카 조수석에서 '이나와시로 호수'라는 표지판이 보이자 아무 생각 없이 말했다. "이나와시로 호수에 들렀다 가죠."

"이나와시로 호수에? 왜?"

"말했잖아요. 나쁜 기억이 있다고."

"아, 같은 반 친구가 괴롭힌 거."

"시간과 사람의 마음은 어떻게도 할 수 없어요. 하지만 그 외에는 마음대로 할 수 있지요."

"마음대로라니."

마음대로 돼 그 두 가지 외에는 / 마음대로 움직일 수 있어

되감기도 되풀이도 빨리 돌리기도 멈춤도 삭제도 마음껏

"과거로 돌아가서 고칠 수는 없지만 안 좋은 기억이 있는 장소에 가서 덮어쓰기는 할 수 있어요."

"덮어쓰기?" 그녀는 핸들을 잡은 채 잠시 아무 말이 없더니 웃었다.

"나와 좋은 추억을 만들어서 덮어씌워요, 그런 말이야?"

"아니에요."

좀 더 밝을 때 왔어야 했다. 이미 해가 져서 어둡고 사람도 없다. 덮어쓰기고 뭐고 이래서는 그녀가 수학여행으로 왔을 때와 경치가 완전 다르잖아.

"작년에는 가도쿠라 과장님과 왔었어요." 나무 사이를 걸으면서 그날을 떠올렸다.

"가도쿠라 과장님? 아, 그분."

"네, 그분요. 대단한 분이에요."

"대단해? 어디가." 그렇게 한심해 보이는데, 그렇게 말하고 싶겠지.

작년에 알게 된 가도쿠라 과장님의 비밀을 말하고 싶지만 마음대로 떠벌리는 것은 좋아 보이지 않는다. "뭐, 여러모로." 말꼬리를 흐리고 어물어물 말했다. "작년에 여기서 스마트폰을 잃어버렸어요."

"그런 의미로 내난하나는 거야?"

가도쿠라 과장님의 평가가 좀처럼 올라가지 않는다. 화제를 바꾸려고 물었다.

"그러고 보니 수학여행 왔을 때 뭘 던졌어요? 그거에 대해서는 못 들은 것 같네요."

모래밭으로 나왔다. 밤의 장막이 거의 내려왔지만 수면은 달빛을 받아 반짝이고 있다. 하늘을 되비치는 거대한 거울 같다. 잔물결이 일어 아름다웠다.

"내가 아빠에게 받은 소중한 부적을 호수에 던졌어. 그 같은 반 아이가."

"부적을요?" 그건 정말 너무하네.

"물 위에 떠서 되돌아올 줄 알았다나."

"부적은 뜨지 않아요."

"그게 말이야……." 그녀는 말을 꺼내다가 내 손을 가리켰다.

"아, 그거 차에 놓고 올 걸 그랬어."

뭔가 했더니, 손에 아까 회의할 때 받은 선물이 들어 있는 종이 쇼핑백을 들고 있었다. 별생각 없이 그대로 들고 차에서 내린 모양이다.

안을 들여다보았다.

"이거 세련되고 멋지네요" 하며 검은 머그잔을 꺼냈다. 고리야마의 카페에서 사용하는 모양인지 로고가 들어가 있다.

"아, 머그잔."

그녀가 쓴웃음 지으며 반응한 이유는 물론 지난번에 야근할 때 있었던 일이 떠올랐기 때문이리라.

"그때는 놀랐어요."

머그잔을 바닥에 놓고 꽉 누르면서 밀었었다. 안에 들어 있던 벌레가 결국 어떻게 되었는지는 여전히 모른다.

"그건 뭐." 그녀도 지금은 역시 창피한 듯 말을 어물거렸다. 불륜 상대였던 상사를 떠올렸다고 생각하니 가슴이 술렁거려서 그 기분을 지우려고 "그때 이랬잖아요"라고 말하며 그 자리에 쇼핑백을 놓고 머그잔을 든 채로 몇 발짝 앞으로 가서 모래밭에 놓았다. 입구를 아래로 향하게 하고 밀려고 했다.

"안 해도 돼."

"게다가 이대로 찔끔찔끔 움직여서 놀랐어요." 나는 엉거주춤 쭈그려 앉아 머그잔을 모래밭 위에서 살짝 움직였다.

그녀가 쓴웃음 지으며 한숨을 내쉬었다.

"새 머그잔을 모래 위에 놓다니, 어이가 없네."

남의 머그잔으로 바퀴벌레를 잡은 사람이 말은 잘하네. 그런 생각을 했지만 그것을 삼킬 여유 정도는 있었다.

구출하는 소년

주위가 캄캄해져서 나는 틀림없이 총에 맞아 죽은 후의 광경이라고 생각했다. 옆에서 "어떻게 된 거야" 하고 에이전트 하루토의 목소리가 들렸을 때도 사후 세계에서 바로 만났구나 싶었다.

소리가 울렸다.

금속과 금속이 부딪히는 짧은 소리가 연속으로 들렸다.

총성?

"이건 뭐지?" 에이전트 하루토가 의아해했다.

"이거라니요?"

"우리 주변에 벽 같은 게 생겼잖아."

빛이 없어서 잘 안 보이지만 확실히 우리 주변에 벽이 빙 둘러 있다. 총에 맞지 않았나? "이건 뭔가요? 어디서 나타났나요?"

"몰라."

말이 끝나자마자 벽이 움직였다.

모래를 깎으며 우리 쪽으로 오고 있다. 우리는 뒷걸음질 쳤지만 벽은 멈추지 않는다. 그다지 빠르지 않아서 앞에서 다가오는 벽에 부딪히지는 않았지만 도대체 어디까지 다가올지 두려워졌다. 벽이 깎은 모래가 밀려들어서 언젠가 우리가 묻힐지도 모른다는 두려움도 있었다.

에이전트 하루토와 나란히 뒤로 물러났다. 말을 할 여유도 없었다.

잠시 후 벽이 멈추었다.

그리고 갑자기 밝아졌다. 벽이 두둥실 위로 떠오르더니 사라졌다.

혼란으로 머릿속이 멍했다.

"가자."

에이전트 하루토가 더 침착했다. 그도 상황을 파악하지는 못했지만 이 기회를 놓치면 안 된다고 판단했으리라. 역시 대단하다.

모래를 차면서 달렸다. 말이 나오지 않아 어떻게든 하루살이를 놓아둔 방향을 가리켰는데 에이전트 하루토는 알아차렸다.

적은 꽤 뒤쪽에 있었다. 그 수수께끼의 벽에 가려진 채로 이동할 수 있어서 제법 떨어진 모양이다.

숨을 헐떡거리며 가까스로 하루살이에 도착했을 때 '이대로 그 기지에 돌아가도 될까' 하는 위기감이 머릿속에 스쳤다.

하지만 선택지가 없다.

하루살이 배 부분에 달아놓은 바구니에 뛰어들었다. 에이전트 하루토가 타자마자 출발했다.

조용히 이륙한 하루살이는 미끄러지듯 하늘을 날았다. 한 번 선회할 때 모래사장을 내려다보았다.

빨갛고 거대한 물체가 눈에 들어왔다. 모래에 반쯤 묻혀 있다. 그 자리에 우뚝 서 있는 물건은 확실히 이질적이라서 눈길을 끌었다.

"저거야, 적이 개발의 토대로 삼은 게. 저쪽은 군사 병기로 곤충을 자주 쓰는데, 희한하네."

"뭡니까, 저건."

"아주 오래전에 모래밭에 흘러들어온 것 같아. 둥근 모양을 한 거대 유적이라고 부르더군. 절대로 쓰러지지 않는다나."

"쓰러지지 않아요?"

"정확하게는 쓰러져도 다시 일어나. 절대로 눕지 않아. 그 구조를 연구하고 있다고 들었어."

"그런 것이……." 적의 테크놀로지가 두려웠다.

모래밭은 점점 작아졌지만 빨간색은 오래도록 보였다.

입사 삼 년 차의 남자

앗. 그녀가 외쳤다. 왜 그러나 싶었는데, 쭈그려 앉아 모래 속에 손을 집어넣었다. 그러고는 고무공만 한 물체를 들어올렸다.

"세상에! 이거."

허둥대며 달려가니 달마 오뚝이와 비슷하게 생긴 인형이었다. 플라스틱인가. 얼굴이 귀엽게 생긴 오키아가리코보시(아이즈 지방의 전통 방식으로 만든 오뚝이-옮긴이)였다. 그녀가 스마트폰의 손전등을 비추었다.

"내가 수학여행 왔을 때 동급생이 호수에 던졌던 거야."

"네?" 말도 안 돼.

"이게 부적?"

"아빠가 인생에서 힘든 일이 있어도 대부분 원래대로 돌아온다고 그랬었거든."

"작전회의할 때요?"

"맞아. 그때 이걸 줬어. 좀 특이하게 생긴 이 오키아가리코보시를."

반쯤 자랑할 생각으로 수학여행 때 가방에 넣었는데 짓궂은 반 친구가 그것을 꺼내서 "어떤 일을 당해도 원래대로 돌아온다고? 그럼 아무 데나 던져도 괜찮지?"라고 말하며 호수로 던졌다고 한다.

도대체 그것이 어떻게 지금 여기에 있는 것인가.

"15년 정도 전이니까 역시 같은 건 아닐지도 몰라."

확실히 비바람을 맞아서 부서졌으리라.

그러자 그녀는 그것을 뒤집어 보더니 눈이 휘둥그레졌

사 년째

다. 설마 자신의 것이라고 증명할 수 있는 표식이 있는 것일까. 나는 몸을 앞으로 내밀었다.

"어찌된 일이지?" 그녀는 혼자 중얼거렸다.

"네? 정말로 그때 잃어버렸던 거예요?"

"누가 소중히 간직해줬던 걸까." 그녀는 밤하늘을 향해 감사 인사를 했다.

오
년
째

교제한 지 일 년 남짓 된 남자

"그러고 보니 얼마 전에." 여자친구가 생각났다는 듯 말했다. "회의하는데 분위기가 험악해졌어."

"또 왜?"

"납기와 예산. 서로 원하는 게 차이가 커서 원래부터 분위기가 안 좋았지만 결정타는 축구였지."

"축구가 결정타라고?"

"우리 회사 1층에 카페테리아 있잖아. 거기서 이른 점심을 먹기로 했어. 일 이야기 말고 잡담이라도 하면서 껄끄러운 분위기를 없애려고 했지."

"잘했네."

"응. 과장님이 축구 이야기를 꺼냈는데 거기 있는 사람들이 응원하는 팀이 따로따로인 데다가 서로 라이벌인 바람에 더 화르르 불이 붙었어. 나만 축구를 잘 모르니까 그만하자고 말렸는데 분위기만 더 딱딱해졌지 뭐야."

따로따로, 화르르, 딱딱, 나는 머릿속으로 단어를 중얼거리고 싶어졌다.

"스포츠 화제는 위험해." 종교 이야기처럼 비화될 가능성도 있다.

"날씨 이야기를 하지 그랬어."

"그게 무난할 것 같다고 생각하지?" 여자친구가 기다렸다는 듯 말했다.

아무래도 누가 "오늘 시원하죠?"라고 말하자, 상대방이 "네? 더운데요?"라고 응수하며 또다시 말싸움이 시작된 모양이다.

"날씨 이야기는 만능인 줄 알았는데."

"의견과 감상이 늘어나는 게 귀찮아서 그럴지도 몰라." 여자친구가 쓸쓸하게 웃었다.

"기온이 25도네요, 라든가 작년보다 강수량이 높은 것 같아, 등 객관적인 사실만 입에 담는 편이 무난할지도 모르겠네."

"거기서 어떻게 이야기를 이어가?" 25도면 24도보다 1도

높다는 말이네요, 같은 이야기밖에 없지 않나.

지는 해가 주황색인지 빨간색인지 알 수 없는 색으로 호수를 물들여갔다. 불을 밝힌 사방등처럼 포근하고 아련하게 보였는데 조금씩 하늘과 호수 너머로 우아하게 가라앉았다.

우리는 함께 호수 주변을 천천히 걸으며 태양이 녹아서 스며드는 것 같은 수면의 그러데이션을 바라보았다.

처음으로 여자친구와 함께 이곳에 온 것은 일 년 전이다. 회사 출장으로 이 지역에 왔다가 이나와시로 호수에 들렀는데, 우연히 여자친구가 초등학교 때 잃어버렸던 오키아가리코보시를 찾았다.

유쾌한 우연은 가끔 사람을 행복하게 만든다. 일부러 이렇게 되길 노리고 계산하여 행동한 것은 아니지만 나는 두 살 위인 여자친구와의 거리를 한층 좁히는 데 성공했고 얼마 지나지 않아 교제를 시작했다.

회사에서는 우리 사이를 모른다. 사내 연애를 금지하는 내규는 없으니 알려져도 상관은 없다. 다만 들키면 미션 실패, 같은 스릴을 맛보며 우리끼리 멋대로 들떠 있는지도 모른다.

어쨌든 우리 둘의 교제는 순조로웠고 이 세상의 봄을 칭송할 정도까지는 아니어도 그럭저럭 즐겁게 지내고 있다.

오 년째

여자친구가 한때 나도 알고 있는 과장님과 불륜 관계였다는 사실은 잊기로 했다. 영상 데이터처럼 깨끗하고 말끔하게 지울 수는 없으니 가끔 떠올라서 마음이 어수선해지기도 했다. 그러나 그 과장님이 회사의 예산을 횡령했다는 사실이 발각되어 먼 지방으로 좌천되어서 조금씩 '없던 일'처럼 여겨졌다.

그리고 올해도 또 이나와시로 호수에 왔다. 행사 업무 관련이기도 했지만 모처럼이니 여행 겸 얼마 전에 산 내 차로 드라이브 겸 영차영차 달려왔다.

"그래서?" 내가 물었다.

"뭐?"

"어떻게 됐어? 그 어색한 회의."

"아, 그거. 안 좋은 분위기가 최고조에 이르렀을 때 마침 노래가 들렸어. 노래라기보다 음악. 카페에서 튼 음악 말이야."

"무슨 노랜데?" 다툼은 그만둬. 아니면 세계는 하나다. 그런 노래일까.

"있잖아, 그 유명한 거."

여자친구는 삼인조 록밴드가 부르는 아주 유명한 노래를 흥얼거렸다.

아무 말도 안 해 집에는 돌아가지 않아 그녀와 걸었지

느긋한 멜로디에서 사랑스러움과 왠지 모를 쓸쓸함도 느껴졌는데 '날이 저물어도 그녀와 걸었다'라고 하는 부분에서는 내가 예전에 본 적이 있는 아름다우면서도 애처로웠던 석양이 떠올라 갑자기 시간이 멈춘 듯 느껴졌다.

아무것도 필요 없어 다른 것은 필요 없어 그녀가 아직 그곳에 있기만 하면 돼

"노래가 좋다는 생각을 하자마자 거래처 젊은 사원이 '이 노래 좋아해요'라고 불쑥 말을 꺼냈어."

"그래?"

"그래서 우리 과장님이 나도 좋아한다고 하자 다른 사람들도 서로 좋아하는 곡이라고 하면서 고백 타임이 시작됐지 뭐야."

어딘가의 누구는 정말로 행복할까 냉정한 그 녀석도 몸만은 따뜻하겠지

"의견이 안 맞았을 때는 짜증도 났지만 그다지 나쁜 사람은 아니라고 다들 깨달았나 봐. 그다음부터는 갑자기 화기애애해졌지. 역시 공통점을 찾으면 누그러져."

"그거 잘됐네."

나는 왠지 마음이 따뜻해졌고, 하늘과 수면의 석양이 가

오 년째

숲속에 퍼져나가는 것을 느꼈다.

별천지의 소년

이 땅에서 만든 수수께끼의 술을 마시고 나무에 매어놓은 해먹에 드러누워서 꾸벅꾸벅 조는 에이전트 하루토를 올려다보며 생각했다. 이렇게 살아도 되나, 이대로 좋은가.

일 년 전, 적진에서 에이전트 하루토를 구출하여 하루살이를 타고 도망친 우리는 추적자를 따돌리기 위해 무모한 비행을 거듭했고 그 결과 미지의 땅에 불시착했다.

초목이 울창한 숲속, 이곳에 낯선 사람들이 사는 마을이 있다.

생김새는 우리와 똑같으나 옷은 굉장히 간소했는데, 나무껍질과 동물의 가죽을 기본으로 한 것이었다. 이 세상에 알려지지 않은 미개발 땅이 있다는 말은 들어보았지만 설마 내가 그런 곳에 도달할 줄은 꿈에도 생각 못 했다.

그들은 나무 구멍과 바위 근처, 거대한 꽃 아래 등 다양한 장소에 집을 짓고 살고 있었다.

"여기 리더는? 책임자는 누구지?" 에이전트 하루토는 처음에 그렇게 물었다.

"리더가 뭐야?" 상대는 이렇게 대답했다. "책임자? 책은
임자가 없어."

관리직이나 상하 관계 같은 것은 없는 모양이라고 깨닫
기까지 시간이 걸렸다. 나이와 성별, 체격 차이도 거의 신경
쓰지 않는 듯, 모든 일은 서로 의논하여 정하는 듯하다.

무언가를 실행할 때 선두에 나서는 사람은 있지만 지위
가 높은 것이 아니라 '대표 같은 존재'라고 나는 이해했다.

그들은 나와 에이전트 하루토를 '이렇게까지 경계를 안
한다고?' 하고 우리가 걱정할 정도로 시원시원하게 받아주
었다.

빈 집을 주고 먹을 것을 선뜻 나누어주며 당연하다는 듯
"돌아가고 싶을 때까지 있어도 돼"라고 말했다.

"이런 세상이 있다니."

에이전트 하루토는 한가로운 생활을 시작했고 무엇으로
만들었는지도 모르는 쌉쌀한 술을 마시며 낮에도 밤에도
대체로 멍하니 보냈다.

여기서 살기 시작한 무렵에는 지금까지 목숨을 건, 긴장
감 넘치는 일만 해왔으니 그것을 중화하기 위해서도 여유
로운 시간을 만끽할 필요가 있다고 생각했지만 점점 불만

오 년째

이 생겼다.

이렇게 해이하게 살아도 되는지 의문이 생겨 몇 번이나 넌지시 물었다. "앞으로 어떻게 하죠?"

그럴 때마다 에이전트 하루토는 이전의 영민한 모습이라곤 없는 풀어진 표정으로 대답했다. "뭐, 괜찮지 않아? 일단 이곳은 기분이 좋으니까."

확실히 우리는 갈 곳이 없다.

본부는 에이전트 하루토를 내치고 적에게 바쳤으니 더는 아군이 아니다. 돌아간들 그곳은 적지다.

돌아갈 곳이 아무 데도 없다.

우연히 노래를 들었다. 정기적으로 실시하는 식량 확보 작업에 나가서 마을 사람들과 버섯을 몇 개 채취하고 돌아오는데 풀숲 안쪽에서 남자 목소리가 들렸다.

모두 모두 다 뒤로 미루자 / 모두 모두 다 뒤로 미루자 / 좋아하는 일만 나머지는 아무래도 좋아 / 좋아 좋아

지금이 편하니까, 앞일을 생각하지 않고 사는 우리를 야유하는 듯한 가사였다. 하지만 태평한 노랫소리 때문인지 아무래도 상관없는 듯이 느껴졌다.

"아, 저 사람도 밖에서 왔어요."

함께 버섯을 짊어진 남성이 턱으로 그 숲속을 가리키며

말했다.

"밖에서? 어디요?"

"커다란 나라, 라고 했던 것 같아요."

"커다란 나라?"

"거기는 사람이 훨씬 크대요."

"그런 이야기 들어본 적 있어요." 오래전, 어릴 적에 들었던 옛날이야기에 그런 내용이 있었다. 거인의 나라로 여행하는 이야기였다.

"그럼 저 사람도 커요?"

"아니요, 우리와 같아요" 하고 말하며 씩 웃었다.

"거짓말 아니에요?"

"이곳으로 올 때 몸이 작아졌대요."

"어떻게 왔대요?"

"본인에게 물어봐요."

그 말을 듣고 나는 짊어진 버섯을 놓아두고 즉시 노래가 들렸던 곳으로 되돌아가서 키보다 큰 풀을 헤치며 안으로 들어갔다.

평평한 바위 위에 마른 남자가 앉아 있었다. 다리는 땅에 닿지 않아서 대롱대롱 흔들고 있다. 여전히 노래를 부르고 있다.

조금 전 들렸던 노래와 다른 멜로디였다.

바람은 언제나 어루만지네 / 초조해하지 마 조급해하지 마 / 이국의 문 이국의 문/ 거기까지 가면 뒤돌아보겠지

"저기요." 말을 걸었다.

"응?" 그가 시선을 돌렸다. 나이는 모르겠다. 그래도 나와 같은 십 대로는 보이지 않고 이십 대 혹은 사십 대라고 해도 믿을 것 같다.

"무슨 일인데?"

"다른 곳에서 왔다고 들었어요."

"아, 그거."

"커다란 나라, 거인이 사는 나라요?"

"응, 맞아. 나도 깜짝 놀랐어. 처음에는 잘 몰랐는데 그 버섯도 잎사귀도 말도 안 될 정도로 크잖아? 이게 뭐야, 점보 버섯? 그러다가 깨달았지. 아, 내가 작아졌구나, 하고."

"작아졌다니. 어떻게……."

"나도 잘 몰라." 남자는 나를 속이는 것 같지 않았고, 표정이나 말투도 부드러워서 친밀감이 느껴졌다.

"전에는 어디 있었어요?"

"어디더라. 이나와시로 호수에 온 건 확실한데."

"이나? 시로?" 들어본 적 없는 단어다.

"주차장에 있었는데, 희한하게 생긴 이파리가 떨어져 있어서 주워들었더니 갑자기 주위가 환해졌어. 어? 이상하다. 술도 안 마셨는데, 그러는데 갑자기 문이 나타났어. 문, 알아? 두 유 노우 문?"

"문은 알아요."

"나무로 만든 낡은 문이 눈앞에 나타났어. 어리둥절했지. 아, 그 왜, 도라에몽의 도구 있잖아. 그런 느낌. 그래서 열고 들어갔더니."

"여기였어요?"

"지금 생각해보니 그 자리에서 작아진 것 같아. 경치가 이상해서 다른 세계로 온 줄 알고 머릿속이 하얘졌는데, 실제로는 같은 장소였을지도 몰라. 그곳에 가만히 있었어야 했나. 그때는 몰랐으니까 어슬렁어슬렁 걸어 다녔어. 그런데 어느새 하늘을 날고 있더라고." 웃으니 눈가에 주름이 보여서 어쩐지 내 기분이 가벼워졌다.

"하늘을요?" 혹시 날 수 있나?

"새가 아니었을까? 먹이라고 생각했는지 내 여기를 물고 날았어." 그는 입고 있는 옷의 뒤쪽 옷깃을 가리켰다. "그래서 어쩌다 보니 여기에 왔어. 뭐, 다들 좋은 사람이어서 이렇게 신세를 지고 있지."

오 년째

"그렇군요." 꽤 특이하고 놀라운 경험을 했는데도 어쩐지 느긋한 것은 이 남자의 성격 때문일까. 아니면 역시 일 년이나 지났기에 사태를 받아들이기 시작했기 때문일까.

"악기를 가지고 오지 않은 것이 유일하게 후회스러워." 그렇게 말하고 하늘을 올려다보았다.

이국의 문 이국의 문 / 그곳까지 가면 돌아보겠지 / 어둡고 깊은 계단 / 아래를 보지 마 아래를 보지 마 / 이국의 문 지옥은 어딜까 / 이국의 문은 당신이 가지고 있네

그는 또 노래를 부르기 시작했다.

이야기하는 도중인데 예의가 없다고 생각했지만 느릿한 멜로디가 편안해서 잠시 듣고 있었다.

다른 나라에서 온 것일까. 그를 말끄러미 바라보았다.

"어떻게 문이 나타났어요?"

"응? 아, 그거? 몰라." 그는 표표히 말했다. 나타났으니까, 어쩌겠어. 체념하는 것이 익숙한 듯하다.

"하지만 힌트는 얻었지."

"힌트요?"

"전에 이곳에 문을 아는 사람이 또 있었어. 히 노우즈 이국의 문."

"여기에요?" 주변을 두리번거렸다.

"그곳에서 왔는지, 다른 곳에서 왔는지 모르지만, 여하튼 눈앞에 갑자기 문이 나타났대. 그래서 나와 같다며 의기투합했지. 그때 그가 문은 모였을 때 나타난다고 말했어."

"모여요? 뭐가요?"

"자기 때는 이노시카초(일본 화투패 중 하나로 '멧돼지=이노시시', '사슴=시카', '나비=초'가 그려진 패의 조합을 말한다-옮긴이)였다나."

"이노시카초요?" 무슨 말이지?

"산을 내려왔을 때였다고 했어. 한숨 돌리려는데 주위에 멧돼지와 사슴이 있었대."

그 단어들은 아마 어떤 동물들을 가리키는 말인가 보다.

"그래서요?"

"여기에 나비가 있다면 이노시카초구나, 라고 생각하자마자 나비가 하늘하늘 날아왔다더라고."

나비라면 안다.

"퍼뜩 정신을 차리니 문이 있었다나."

"그러니까 동물들이 모이면, 이라는 말인가요?"

"하지만 나 때는 멧돼지도 사슴도 없었어. 그것만을 가리키는 건 아닌가 봐. 무언가가 모이면."

"그다지 참고가 되지 않는 힌트네요."

그는 활짝 웃었다.

오 년째

"그렇지. 하지만 그 사람 갑자기 사라졌으니까. 성공한 거 아닐까? 문을 여는 데."

"그런가요?"

"모였던 거야. 무언가가. 어디론가 사라졌어."

"성공한 걸까요?"

"어쩌면 그 사람, 왔다 갔다 하고 있을지도 몰라."

그렇게 말하고 그는 다시 노래를 부르기 시작했다.

이국의 문 이국의 문 / 그곳까지 가면 돌아보겠지 / 어둡고 깊은 계단 / 아래를 보지 마 아래를 보지 마 / 이국의 문 지옥은 어딜까 / 이국의 문은 당신이 가지고 있네

교제한 지 일 년 남짓 된 남자

"어, 없어, 어디 갔지." 호수 주변을 그만 걷고 슬슬 돌아가려고 했을 때 여자친구가 안절부절못하기 시작했다. 낮에 아이즈와카마쓰의 기념품 가게에서 산 햣코도 액세서리가 안 보이는 모양이다. 비싼 물건은 아니었지만, "운이 좋아져요"라고 여성 점원이 말했다.

걷다가 떨어뜨렸나 싶어서 우리는 온 길을 되돌아가면서

액세서리를 찾았다.

그러고 보니 몇 년 전에도 비슷한 일이 있었다. 다른 회사에 다니던 여성이 여기서 액세서리를 떨어뜨렸다. 이나와시로 호수에는 무언가를 끌어당기는 힘이 있는 것일까.

해가 지고 나면 찾기 힘들어지니 초조해졌지만, 보이지 않으니 찾을 수 없다.

"다시 살까?" 해결책을 말했지만 여자친구는 그것으로는 마음이 안 편한지 무겁게 한숨을 쉬며 말했다.

"잊어버렸으니까 운이 나빠질 것 같아."

운때가 왔다느니 하는 말의 진위를 알 수는 없지만 '병은 마음에서'라는 말이 있으니 이대로라면 여자친구가 우울해질지도 모른다.

해가 지기 전까지 함께 걸었다. 왔던 길을 거슬러 갔지만 역시 보이지 않는다.

"어쩌면 차 안에 떨어뜨렸을지도 몰라!" 마침내 여자친구가 그렇게 말했다.

그럴 가능성도 있다.

나는 바로 동의하고 주차장으로 돌아가기로 했다.

상황으로 보아 액세서리가 차 조수석에 떨어져 있을 가능성이 가장 높았다.

오 년째

그러나 일은 그렇게까지 손쉽게 흘러가지 않는 듯 차 안을 얼추 찾아보았지만 어디에도 보이지 않았다.

다시 호수 주변으로 가봐야 하나 생각했을 때 자동차끼리 충돌했는지 쿵, 하는 소리가 들렸다.

깜짝 놀라 얼굴을 들었다.

주차장 오른쪽 안쪽에 차량 전면부끼리 부딪힌 검은색 SUV와 빨간색 컴팩트카가 서로 노려보듯이 멈추어 있다.

여자친구도 눈을 동그랗게 뜨고 그쪽을 보고 있다.

"자동차랑 자동차?" 사람이 치었다면 큰일이라고 생각하며 물었다.

"마침 같은 타이밍에 출발했나 봐."

"큰일이네." 사고가 난 것이 내가 아니라는 사실에 안심하면서도 당사자의 기분을 생각하니 마음이 무거워졌다.

탕, 탕, 소리를 내며 각각의 자동차 운전석에서 사람이 내렸다.

나와 여자친구는 우리의 문제인 액세서리 찾기로 돌아가려 했다.

그러나 그때 제법 큰 소리가 들렸다. "우리는 제대로 봤다고요. 그쪽이 부딪쳤잖아요."

얼굴을 내밀어 상황을 보니 한쪽은 환갑 넘은 부부로 보이는 남녀고 다른 한쪽은 금발의 젊은 남자 둘이다.

자기 과실이 아니라는 인상을 주려고 큰 소리를 낸 쪽은 아무래도 나이가 많은 남자인 모양이다. 옆에 있는, 부인으로 보이는 몸집이 작은 여성이 "여보" 하고 달랬다.

"잠깐만요. 그럼 우리 잘못이라고요? 말도 안 되죠." 젊은 이 쪽이 어이없다는 듯 쏘아붙였다.

사고가 일어난 것만으로도 짜증 나는데, 책임을 서로에게 미루려는 다툼은 짜증을 넘어 화가 난다.

순순히 사과하면 원만하게 마무리되는 경우가 많은데.

슬며시 여자친구와 얼굴을 마주 보고 이곳에서 나가자고 눈짓하는데, 갑자기 우리에게 말을 걸어와서 뜨끔했다.

"거기 두 분, 혹시 어느 쪽 잘못인지 못 보셨나요?"

뭐라고?

"잠깐 와주시겠어요?"

게다가 우리를 부르는 것이 아닌가.

싫습니다, 하고 그대로 자리를 뜰 배짱은 없었다. 만약 그랬다고 해도 "그 후 어떻게 됐을까?" 하고 얼마간 신경 쓰였을 것이다.

말다툼이 가열될 것 같으면 싸우지 말라고 말리는 것 정도는 할 수 있을지도 모른다.

오 년째

그런 생각을 하면서 우리는 심히 내키지 않는 발걸음으로 그들 가까이 다가갔다.

"비디오 판독, 비디오 판독." 금발 젊은이 두 사람이 그렇게 말하면서 양손으로 사각형을 그리는 시늉을 했다. 프로야구 감독이 심판에게 비디오 판독을 요구하는 제스처일지도 모른다.

그런 말을 들어도 쓴웃음을 지을 수밖에 없다.

별천지의 소년

"이봐, 조금 쉬자."

에이전트 하루토가 가쁜 숨을 몰아쉬며 말했다. 나는 뒤를 돌아보며 조금만 더요, 하고 말했다.

그 똑똑하고 터프하며 용맹했던 에이전트 하루토가 이렇게나 약해졌다는 사실이 섭섭하고 속상했다. 요 일 년 가까이 트레이닝다운 트레이닝도 하지 않았으니 살도 쪘으리라.

먹고 해먹에 눕고, 또 먹고 해먹. 이런 생활이었으니 어쩔 수 없다.

그 노래를 부르는 남자는 새가 자신을 물어다 놓았다고

말했는데, 물려오는 도중에 본 태양의 위치를 기억하고 있었다.

"하늘을 날면서 저쪽을 봤더니 마침 지는 해가 나를 향하고 있었어. 똑바로, 직선으로 날아왔어" 하는 설명을 듣고 방향을 대충 짐작했다.

나는 에이전트 하루토를 잡아끌고 거의 일 년 만에 하루살이를 조종했다.

"도대체 어디로 가는 거야."

"문이에요. 문이 나타나는 곳요." 실컷 설명했는데도 기억하려고도 하지 않는다.

"무슨 문?"

"이국의 문이에요. 다른 세계로 가는."

"다른 장소는 안 가도 되잖아? 역시 돌아가자. 그곳에서도 행복했잖아."

확실히 그 마을은 평화로웠다. 주민은 친절하고 이것저것 묻지도 않아서 마음이 편하다.

"계속 있을 수만 있다면 있고 싶은데요. 우리가 그곳에 있으면 들킬 가능성이 있어요." 출발하기 전에 설명했는데 에이전트 하루토는 제대로 안 들었나.

"그렇게 되면 그곳 사람들에게 폐가 되잖아요."

징조 같은 것은 없었다. 본심을 말하자면 그 마음 편한 곳에서 계속 산다면 에이전트 하루토도 나도 타락한 쓸모없는 인간이 되어버릴까 봐서. 그것이 두려웠다.

요 몇 년, 여러 임무를 완수했기에 자극 없는 나날이 견디기 힘들었다.

에이전트 하루토도 그 마을의 주민들에게 폐를 끼치는 것은 주저되겠지. 고민하면서 투덜투덜, 중얼중얼 말도 되지 않는 말을 웅얼거리며 따라온다.

"여기는 적진 아니야?" 역시 에이전트 하루토도 알아챘는지 그렇게 말했다.

"그런 것 같아요." 나도 대답했다.

하루살이에서 내려 이리저리 돌아다니다가 본 적 있는 장소에 도달했다. 약간 더 나아가면 작년에 에이전트 하루토가 붙잡혀 있던 적의 시설이 있는 주변이고, 좀 더 확실히 말하면 내가 태어나고 자란 땅도 가깝다.

"출발점으로 돌아온 것뿐이잖아?"

"아니요, 달라요." 나 자신에게 말하듯 목소리에 힘을 주었다. "다른 세계로 갈 거예요."

"그런 게 있어? 어떻게 가는데? 문이 어디 있어?"

나는 주위를 둘러보았는데, 그때 펼쳐진 모래밭 맞은편

에서 사람이 다가오고 있었다.

하나둘, 하나둘, 하고 구호를 외치며 많은 사람들이 걷고 있다.

즉시 에이전트 하루토 얼굴을 보니 그도 알아챘는지 눈살을 찌푸렸다. 에이전트 하루토의 긴장한 얼굴을 실로 오랜만에 보았다.

그들은 모래밭에서 물건을 옮기는 중이었다. 열 명 정도가 은색 물건을 들고 있다. 은색 물체에는 긴 쇠사슬 같은 것이 동물 꼬리처럼 달린 채 질질 끌려가고 있었다.

적이다.

지금 우리에게는 아군도 적군도 다 적이지만 그들은 원래부터 적대시하고 있는 이들이다.

"뭔가를 찾은 걸까."

"무기일까요?"

발견되면 곤란하다. 나무 뒤에 숨기로 했다.

우리를 눈치채지 못하고 멀리 가기를 기원하면서 숨을 죽였다.

골치 아프게도 그들은 모래밭이 아니라 이 나무들 사이를 지나가기로 했는지 구령에 맞추어 바로 우리가 숨은 근처로 다가왔다.

오 년째

어떻게든 그대로 지나가기를. 에이전트 하루토도 나도 식물로 변한 듯한 기분으로 서 있었다.

운이 나빴다.

바람이 강하게 불어 떨어져 있던 나뭇잎이 몇 장 날아올랐다. 흙도 흩날려 조약돌처럼 부딪혀와 나는 눈을 감았다.

짐을 운반하던 그들도 바람과 흙을 피하려고 얼굴을 돌렸고 그 눈 앞에 있는 우리를 발견했다.

그쪽도 바로 반응하지 않았다.

어? 저 두 사람은 뭐지? 그런 상태로 한순간 모두 굳어 있었다.

그 틈을 타 우리는 달렸다. 도망칠 수밖에 없다. 나태한 시간을 보냈던 것이 화근이었다. 에이전트 하루토는 나보다 훨씬 느렸다.

적들도 동요했는지 처음에는 은색 물건을 여럿이서 짊어진 상태로 따라왔다.

그대로 따라오기를 바랐지만, 과연 그들도 그렇게 어리석지는 않았다. 어느새 은색 물건을 구호에 맞추어 던진 후 각자 전속력으로 달려왔다.

뒤돌아보면서 흘끗 보니 은색의 거대한 물체는 검과 비슷했다. 어디에선가 무기를 발굴했나.

어쨌든 우리는 달렸다.

"언젠가는 따라잡힐 거야." 뒤에서 에이전트 하루토가 말했다.

당신이 살쪄서 그래요, 하고 말한들 별 수 없다. 숨을 장소도 없다.

확실한 사실은 멈추면 끝이라는 점과 영원히 달릴 수는 없다는 점이다.

우리의 다리는 점점 무거워지고, 게다가 무선으로 소집했는지 사방팔방에서 적이 나타나 순식간에 둘러싸였다.

멀리서 에워싼 이유는 나와 에이전트 하루토가 총 같은 무기를 가지고 있을 가능성을 경계하고 있는 것이리라.

그들이 위협을 했다.

일 년 전과 비슷한 장면이다. 적 시설에서 에이전트 하루토를 구출했을 때도 역시 여기서 포위당했다. 그때는 이제 끝이라고 각오했지만 어떻게 된 일인지 살아났다.

이번에도 한편으로는 기대하고 있지만 뭘 해야 살 수 있을지 짐작도 안 간다.

"미안하다." 에이전트 하루토가 넌지시 중얼거렸다.

"뭐가요."

"너를 끌어들이기만 해서."

"신경 쓰지 마세요." 나는 그렇게 대답하면서 주위를 살폈다.

교제한 지 일 년 남짓 된 남자

운전사들은 흥분한 탓도 있는지 서로 과격하게 말다툼을 벌였다.

"우리는 주위를 충분히 확인했어."

"안전한 타이밍에 액셀을 밟았는데 갑자기 그쪽이 뛰어나왔어."

쌍방이 표현은 다르지만, 그야말로 네가 잘했니 내가 잘했니 하는 형국이었다.

"보셨죠?" 하고 나를 향해 말했다.

"그게…… 전혀 못 봤어요." 나는 여자친구와 얼굴을 마주 보고 대답했다. 심판인데 다른 곳을 보고 있었나요? 하고 비난받는 기분이었다.

"경찰을 부르는 게 좋을 것 같아요."

"그건 그거대로 귀찮아요."

금발 젊은이가 말하자 고령의 백발 남자가 단정하듯 목

소리를 높였다.

"경찰이 오면 불리할까 봐 그러지?"

"그게 아니고요. 우리는 적절한 타이밍에 나왔다고 했잖아요."

"적절한 타이밍은 무슨." 백발 남자가 침을 튀기고 부인으로 보이는 여성이 "여보" 하고 달랬다.

솔직히 우리는 아무런 도움도 안 된다. 뒤는 젊은이에게 맡기고, 현명하게 그 자리를 떠나려고 했다. 삐걱대는 분위기가 몽롱한 안개가 되어 덮쳐온다. 삐걱삐걱, 몽롱.

이곳에 가도쿠라 과장님이 있다면 양쪽 몫만큼 사과하여 잘 수습해주지 않을까. 기대하듯 그를 떠올려보았다.

"우선 연락처를 교환하면 어떨까요?" 내가 그렇게 말한 이유는 그렇게 하면 지금 이 자리에서 해결할 필요가 없어질 것이라는 기대에서다.

새로운 의견이 아니라 기본 중의 기본을 말했을 뿐인데, 그들은 "아, 그렇네요" 하고 훌륭한 해결책이라는 듯 경쾌하게 반응했다. 그들도 동요하여 정신이 없었던 모양이다.

금발 남자 중 한 사람이 바지 뒷주머니에서 지갑을 꺼냈다. 백발 남자도 카드 케이스 같은 것을 손에 들고 있다.

"아, 스마트폰으로 사진을 찍는 편이 빠르겠어요."

오 년째

내 옆에 있던 여자친구가 그렇게 제안하며 면허증을 든 그들에게 다가갔다. 친절함에서 나온 말이었을 뿐이다.

"그럼, 번갈아서 찍을까요?" 금발 남자가 말하며 스마트폰을 꺼냈다.

"앗!" 처음에 외친 사람은 여자친구였을까, 금발 남자였을까.

무슨 일이라도 일어났나.

그녀가 조금 놀란 눈으로 나를 바라보았다.

면허증이 뭐 그리 놀랍다고.

아는 사람이었나, 아니면 유명한 사람이었나. 면허증을 보고 무언가 깨달은 것일까.

무슨 일인가 하고 다른 금발 젊은이도 고령의 여성도 면허증을 들여다보았다. 그러고는 역시 허를 찔린 듯 "앗" 하고 말했다.

무슨 일인지 불안해져서 나도 다가갔다.

"면허증이 이상해?"

"이것 좀 봐." 여자친구가 불렀다.

면허증에 그렇게 놀랄 일이 있나?

금발 남자의 면허증을 보게 된 나도 다른 사람들처럼 "앗" 하는 소리가 새어 나왔다. 설마 하는 마음에 다른 남성의 면허증도 확인했다.

거봐라는 듯 여자친구가 나를 바라보며 흐뭇하게 고개를 끄덕였다.

잠시 어리둥절해 있는데, 이윽고 금발 남자들과 부부가 떠들어댔다.

"동명이인!"

"생일도 같잖아."

그렇다.

두 사람의 면허증에 적힌 성과 이름은 한자까지 같을뿐더러 생일도, 태어난 해는 다르지만 똑같았다.

분위기가 갑자기 부드러워졌다. 지금까지의 책임과 과실을 떠넘기려던 험악함이 완전히 사라지고 화기애애한 분위기로 변했다.

유쾌한 우연은 가끔 사람을 행복하게 만든다. 그리고 행복이 관용을 낳기도 한다.

갑자기 자신들의 자동차를 확인하더니 "이야, 이 정도 상처는 아무것도 아니에요"라는 둥 "생각해보니 누구 잘못이라기보다 서로 잘못한 걸지도 몰라"라는 둥 온화하게 대화를 하기 시작했다.

자, 어떻게 할까. 나는 고민했지만 여자친구가 말없이 눈

오 년째

으로 재촉하기에 가방에 손을 넣고 지갑을 찾았다.

"저기요." 이렇게 말하며 조금 앞으로 나왔다.

동명이인이라는 사실에 한껏 흥분했던 그들이 그제야 내 존재를 깨달았다는 듯 '아, 무슨 일이에요?'라는 표정으로 나를 바라보았다.

"실은." 이렇게 말하며 나는 면허증을 꺼내 그들에게 내밀었다.

별천지의 소년

"모였을 때 문이 생겨." 노래하는 남자는 그렇게 말했다. 그도 다른 사람에게 들었다는데, 도대체 무엇이 모이는 것일까. 여전히 모르겠다.

다만, 주변이 갑자기 빛나기에 눈이 부셔서 한순간 눈을 감았다가 뜨니 문이 나타났다.

모였나? 뭐가?

우리를 포위한 적들도 눈에 띄게 혼란스러워했다.

지금까지 아무것도 없던 장소에 문이 나타났다. 덩그러니 문만.

멧돼지가 있었나. 하지만 주위를 둘러볼 여유는 없다.

나는 문손잡이로 보이는 것을 잡고 돌렸다. 주저할 틈도 없다. 무슨 일이 일어나도 괜찮으니 여기에서 떠나야 한다.

그 노래가 들리는 것 같다.

길은 선택하는 거야 / 어리석었지 잠을 자지 못한 채 배는 고프고 아무 말도 못 한 채 / 바람은 언제나 어루만지지 / 초조해하지 마 초조해하지 마 / 이국의 문 이국의 문 / 그곳까지 가면 돌아보겠지

에이전트 하루토를 끌고 문 안으로 엎어지듯 들어갔다.

문만 우뚝 서 있었으니 저쪽도 이쪽도 없고, 문지방을 넘은들 어차피 거기서 거기 아닌가, 하는 불안도 있지만 해볼 수밖에 없었다.

교제 일 년 남짓의 남자

사고를 낸 그들은 이미 그런 일은 없었다는 듯 떠들어대며 이 놀랄 만한 우연을 좀 더 많은 사람과 공유할 수 없을까 하고 왁자지껄 이야기했다. 의외로 고령의 여성이 SNS를 잘 알고 있어서 자신의 계정에 이 일을 쓰겠다고 나서면서

흥분하기 시작했다.

이름 같은 개인정보가 드러나면 곤란하니 면허증 자체를 인터넷에 업로드 하는 일은 내키지 않았지만 그 이외의 방법이라면 괜찮지 않을까.

흔한 성姓이라면 우연의 일치가 있을 수도 있지만, 내 성 '마쓰시마'는 그렇게 수두룩하지 않다. 세 사람이 같은 이름, 그런 데다 생일까지 같다니 황당할 수밖에 없다.

얼마 지나지 않아 내 시선 앞쪽에 빛이 보였다. 다른 사람들은 얼굴을 맞대고 SNS에 올릴 글을 검토하고 있어서 알아채지 못했는데, 10미터 정도 앞에 빛이 두둥실 떠 있었다. 석양이나 무언가가 반사된 것일까. 그런 생각을 했는데 그곳에 문이 나타났다.

방금 전까지는 없었다.

옥외에 덩그러니 문만 존재하다니 누가 봐도 부자연스러웠고, 그것은 만화에 나오는 어디라도 갈 수 있는 문으로 보였다.

어느 틈에?

멀거니 바라보는데 그 문을 걸터넘듯이 두 남자가 넘어왔다. "어? 어디에서?" 그야말로 문 너머의 이국에서 이쪽에 홀쩍 들어오는 모양새여서 나는 혼란스러웠다.

몇 번이나 눈을 깜빡였다.

"왜 그래?" 겨우 여자친구가 우뚝 서 있는 나를 알아챘다.

문은 이미 사라졌으니 아마도 잘못 본 것인지도, 착각이었을지도 모른다.

등을 보이며 멀어지는 남자들을 바라보았다.

위아래가 한 벌인 옅은 갈색 작업복인지 야구 유니폼인지 구별할 수 없는 옷차림은 그다지 본 적 없는 것이었다. 두 사람은 부자지간 혹은 나이 차가 많이 나는 형제로 보였다. 키는 나와 비슷하거나 조금 컸다.

나는 비틀거리며 그들을 쫓아갔다. 여자친구가 뒤에서 따라왔다.

"저 두 사람 갑자기 나타났어." 나는 그렇게 말하며 문이 나타난 부근에서 발을 멈췄다.

"여기에 문이 있었어."

"뭐?"

아니, 아무것도 아니야, 그렇게 대답하는데 발밑에서 빛나는 무언가가 보였다. 몸을 굽혀서 주웠다.

은색의, 칼 모양을 한 액세서리였다. "이런 곳에!" 그녀가 손뼉을 치며 기쁨의 함성을 질렀다.

찾아서 다행이다. 나도 흥분과 안도를 동시에 느끼며 멀어져가는 두 남자를 다시 바라보았다.

주위를 경계 섞인 눈빛으로 두리번두리번 둘러보는 그들 모습은 태어나서 처음 보는 세상과 맞닥뜨리고 그 신기함에 당황한 듯 보였다.

육
년
째

결혼하는 남자

결혼 전에 이나와시로 호수에 가고 싶어. 여자친구가 반 년 전에 그렇게 말했다. 우리 집에서 둘이 나란히 텔레비전을 보고 있을 때였다.

이 년 전에 이나와시로 호수에 갔던 일이 우리가 친해지게 된 계기이기도 하고, 그곳은 그녀의 아버지와 관련된 추억의 장소이기도 하다. 아니, 전자와 후자는 이어지는 부분도 있지만, 어쨌든 쉬는 날을 맞추어서 추억의 장소로 여행을 가기로 했다.

정말로 결혼이라니. 새삼스럽다. 실감이 나지 않는다.

이 년 동안, 작은 말다툼은 있었지만 큰 싸움 없이 지내왔다. 순조롭다고 하면 순조로웠고 계속 이대로 있어도 좋을 것 같았다.

꿈에서도 보고 있겠지 굴뚝 속에 있겠지 정말로 기분이 좋으니까 이대로 있자

유명한 밴드의 노랫말처럼 둥실둥실 꿈속에 있는 듯하니 이대로라도 좋지 않을까? 결혼이라는 다음 스테이지로 발을 들여놓을 필요가 있을까? 마음속 어딘가에서 그런 생각을 했을지도 모른다.

결혼하기로 하면 당분간은 그 준비를 하느라 이것저것 결정해야 해서 분주해지겠지. 나는 괜찮지만 여자친구의 부서는 일이 많아 보인다. 더 좋은 시기를 기다려야 하지 않을까. 나는 당장 정하지 않아도 되는 이유를 찾고 조금 안도하기도 했다.

그러던 어느 날, 갑자기 결혼하기로 마음먹었다.

작년 말, 사내 송년회 때였다.

마지막에 빙고 게임을 했다. 세로 다섯 칸, 가로 다섯 칸, 전부 스물다섯 칸에 숫자가 적힌 카드를 나누어주고 진행자가 불러주는 숫자가 있는 칸을 채우는 그 게임 말이다.

꽤 많은 사원이 참가했는데 내가 첫 번째로 "빙고"를 외쳤다.

오른쪽 끝 세로 열을 전부 채운 것이다.

마이크를 든 진행자가 "마쓰시마 씨, 일등!" 하고 나를 가리켰다. 동시에 "아, 또 한 사람, 그러니까 덴노 씨죠?" 하며 떨어진 방향을 검지로 가리켰다. 즉, 내 여자친구도 가지런히 열을 맞췄다.

"두 분 모두 앞으로 나와주십시오." 진행자가 불렀다.

우리는 교제하는 사이라고 사내에 알리지 않았기에 모두의 앞에 나란히 서 있는 것만으로 잠입 수사라도 하는 듯한 긴장감이 느껴졌다.

경품을 받은 후 한마디 하라고 마이크를 건네받았다. 특별히 노력한 것도 아니고 우연히 숫자를 맞추었을 뿐이니 감상이 있을 리가 없다. 아마 여자친구도 마찬가지였겠지. 조금 주뼛거리더니 말했다. "빙고는 정해진 답이 하나가 아니라서 좋아요. 조합이 여러 가지잖아요."

얼굴을 붉히고 있는 그녀가 너무나도 귀엽게 보였기 때문이었으리라. 이어서 마이크 앞에 선 나는 "정답이 뭔지는 모르지만 어쨌든, 저도 덴노 씨도 다 모았으니 문제없습니다" 하고 뚱딴지같은 인사를 하고 말았다. 그리 재미있는 말도 아니었다. 동료들이 쓴웃음을 짓고 있지만 나는 별로 신경 쓰지 않고 말을 이었다.

"그런 이유로 덴노 씨와 결혼하겠습니다."

홀 내에 거대한 물음표가 떠오르더니 그 자리에 있는 사람들의 목소리를 흡수해버렸다.

"저와 결혼해주십시오." 몸도 마음도 여자친구와 똑바로 마주 보고 고개를 숙였다.

이런 곳에서 말해도 괜찮은 것일까, 여자친구를 불쾌하게 한 것 아닐까, 뒤늦게 깨닫고 얼굴이 새파래졌지만 "그럼 잘 부탁합니다"라는 대답이 들려오자 마음에 햇살이 내리비추는 것 같았다.

회사 사람들은 교제도 하지 않은 사원끼리 빙고 게임 분위기에 휩쓸려 갑자기 결혼하기로 정한 것처럼 보았는지 잠시 큰 소동이 일었다.

그리고 초가을, 여자친구는 결혼식 전에 이나와시로 호수에 가고 싶다고 말했다.

여자친구의 아버지가 준 오키아가리코보시를 잃어버렸다가 발견한 그 장소다.

인생에서 큰일이 일어나도 대부분은 원래대로 돌아온다. 다시 할 수 있다. 여자친구의 아버지는 그렇게 말했다고 한다. "좋은 아버님이셨구나."

"당신이 좋아하는 일만 했지만 말이야. 등산, 낚시뿐만 아니라 가족은 내버려두고 일본에 온 아티스트의 투어를 따라다니기도 하셨고."

"잠깐, 내 마음속에서 아버님의 점수가 떨어지고 있어."

여자친구가 웃었다. "하지만 아프고부터 항상 하셨던 말이 있어. 죽어서도 하늘의 별은 되지 않겠다고. 별도 바람도 안 될 거라고 하셨어."

"그건 왠지 꿈이 없는 것 같기도 하고, 서운하기도 하고."

"아니, 그런 의미가 아니고." 여자친구는 보충 설명을 하려다가 텔레비전 화면에 나오는 영상이 신경 쓰였는지 "지금 나오는 사람들, 알아?" 하고 물었다. 아버님 이야기가 밀려나다니 안쓰럽다.

나는 텔레비전을 보았다. 컴퓨터 게임을 중계하는 인터넷 방송이었다. 거인의 세계에 들어간 인물의 시점인지, 무기를 이용하여 적을 쓰러뜨리는 액션 게임이었다. 거대한 사람의 발에 밟힐 뻔하거나 메뚜기 같은 벌레에 올라타면서 적진에 들어간다. 그것을 진행자 두 사람이 직접 게임을 하면서 실감 나게 이야기하는 방송인 모양이다.

"반년쯤 전에 연 채널인데 구독자 수가 점점 늘어나고 있어. '자네와 당신의 게임 방송'이라는 이름이라지."

"자네와 당신?"

"자네 군과 당신 씨. 그런 닉네임인 모양이야. 이 게임, 핑

장히 난이도가 높은데도 척척 클리어한대. 게다가 두 사람의 대화도 재미있어."

"예능인처럼?"

"그런 게 아니고 기묘한 일을 진지하게 이야기해. 자기들은 다른 세계에서 왔다고."

"무슨 말이야? 다른 세계? 외국인인가?"

"좀 더 다른 세계라고 주장해. 비슷하지만 전혀 다른 세계. 자신들은 그곳에서 스파이였대."

"설정이 뭐 그래."

"그렇지만 진지하게 이야기하니까 다들 재미있어해."

돌아가고 싶은 소년

"수고했어. 잘했어."

에이전트 하루토가 소파에 앉아 컴퓨터를 다루는 내 옆에 와서 말했다.

오늘 방송 이야기다. 매주 두 번, 밤이 되면 우리는 같이 액션 게임을 플레이하면서 그것을 인터넷으로 공개한다.

반년 동안 이어지고 있다.

일 년 전, 나와 에이전트 하루토는 불가사의한 문, 이국의 문을 넘어 이 세계에 왔는데 그 이후 놀람과 혼란과 적응의 나날을 보냈다.

이곳은 지금까지 살아온 곳과 비슷하면서도 다르다. 다르면서도 조금 비슷하다.

우리는 필사적이었다. 무기를 든 적에게서 도망쳐 문을 넘어왔는데 이곳에서 목숨을 잃을 수는 없었다.

배가 고파서 무전취식을 했다. 그것이 죄라는 것을 알았다. 지폐와 동전에 대해 배우고 그것을 얻기 위해 일자리를 찾았다.

이 세계에서는 우리가 습득한 재주, 사격과 격투기 등 스파이 기술은 직업에 필요 없다는 사실도 알았다. 애초 총기 같은 것이 주변에 없다. 총기도 없을뿐더러 집도 없었지만 그쪽에 있었을 때도 주로 야외에서 생활했기에 익숙한 터라 그다지 고생스럽지 않았다.

어떤 남성을 구하고 상황이 바뀌었다.

공원 주차장에서 잠을 자는데 소리가 들려서 둘러보니 한 남자가 습격당하고 있었다. 구해줄 이유도 없지만 구하지 않을 이유도 없다.

에이전트 하루토가 순식간에 상대를 쓰러뜨렸다.

육 년째

"가방을 빼앗길 뻔했어요. 감사합니다." 젊은 남자가 그렇게 말하면서 우리에게 제안했다.

"우리 사무소에 있는 방에서 지내는 건 어떤가요?"

그는 통신 판매 사이트를 운영하는 회사의 대표인 모양인데, CEO라는 직함이 있다는 것은 나중에 알았고, 아직 젊은데도 돈도 많고 유명한 모양이다. 자신은 어디에 있어도 일을 할 수 있기에 고리야마에 집을 지었다고 한다. '통신 판매'도 '도쿄'도 '본사'도 일 년 동안 죽을힘을 다해 배우고 이해한 말이다.

우연인지, 이유가 있는지는 모르지만 이곳에서 사용하는 문자는 다행히 우리가 아는 문자와 조금 닮았고 문법도 엇비슷해서 열심히 단어를 익혔다.

그렇게 우리는 고리야마에 있는 CEO의 넓은 집에서 살게 되었고 그곳에서 지내면서 게임과 만났다.

총을 가지고 적을 쏘거나 혹은 적 기지에 잠입하여 미션을 완수하는 게임으로, 실전 경험이 있는 우리에게는 조작 방법만 익히면 손쉬운 전투였다. 무엇보다 실제로 죽을 위험은 없다.

시간이 남아돌기도 하기에 게임 속 미션을 차례차례 클리어했다. 보고 있던 CEO가 말을 꺼냈다. "둘이 이야기하면서 게임 하는 모습이 재미있으니까 방송으로 내보내도 괜찮겠어."

"방송, 이라니요?"

CEO는 호기롭게 기재를 갖추어주고 어디에선가 선생님 같은 인물을 데리고 와서 나와 에이전트 하루토에게 촬영, 편집, 방송 등의 기본을 가르쳐주라고 부탁했다.

달리 할 일도 없으니까. 그런 생각으로 주저주저 시작했는데 CEO의 인맥 덕분인지 처음부터 시청자가 꽤 모였다. 기본적으로 우리 얼굴을 찍지 않고 목소리만 나오는 것도 편하고 좋았다.

"당신과 자네." CEO는 에이전트 하루토를 '당신', 나를 '자네'라고 부른다. 그것이 영상 속에서도 부르는 이름이 되었다. 그러던 어느 날 "다른 세계에서 왔다고 했죠? 그 이야기도 방송 중에 자꾸 하는 게 좋을 것 같아요. 흥미진진하니까"라고 조언했다.

그 말에 넘어간 나와 에이전트 하루토는 게임을 하면서 우리 일을 이야기하게 되었다. 다른 세계에서 왔다는 것. 그곳에서 스파이로서 몇 개의 임무를 완수했다는 것. 적에게 잡혔던 에이전트 하루토, 이곳에서는 '당신'이 아군에게 배신당했고 나, 즉 '자네'가 구출하여 미지의 땅에서 살았다는 것. 누가 알려준 장소에서 나타난 문을 넘어 이 세계에 도달했다는 것.

어쩌면 돌아갈 수 있는 방법을 찾을 수 있지 않을까, 기대도 했다.

방송에는 시청자에게 댓글도 받는다. "그 시시한 판타지 설정은 뭐야"라든가 "그런 건 필요 없어" 등 우리는 의미를 모르겠지만 야유라고 느껴지는 메시지가 많았다.

그러나 몇 개월 동안 계속 같은 말을 하니, "평범한 거짓말이 아닌 것 같은데?" 이런 목소리가 많아졌다. 거짓말이라고 하기에는 재미없다. 엉뚱하지도 않지만 꾸며냈다고 하기에는 한결같다. 이건 혹시 무언가를 비유한 것 아닐까?

"비유요?" 내가 묻자 CEO가 "예를 말하는 거야"라고 대답했다.

예를 들 것도 없는데. 나는 그렇게 생각하면서도 방송을 계속했다.

적지 않은 돈을 벌고 있다는 사실도 알았다. CEO에게 이익이 된다면 다행이라고 우리는 안심했다.

"그러고 보니 이상한 댓글이 달렸었어."

에이전트 하루토가 말했다. 영상 편집을 하는데 시청자에게 온 메시지가 신경이 쓰였다고 한다. 지난 반년 동안 방송을 하면서 이쪽 세계의 상식부터 잡학까지 갖가지 지식을 익혔다. 시청자들이 친절한 마음에서 여러 가지를 가르쳐주었기 때문이다.

"요일도 몰라요?"

"야구는 알고 있는 게 좋아요."

"이 영화 보세요."

"일본 삼경(일본에서 가장 유명한 삼대 명승지를 가리키며 미야기 현의 마쓰시마 섬, 교토 부의 아마노하시다테, 히로시마 현의 미야시마를 말한다-옮긴이)은 알아요?"

그가 조작하는 화면을 보았다.

"나 때는 이노시카초였어"였다. 한 문장이었다. 방송 중에는 나도 에이전트 하루토도 못 보고 지나친 모양이다.

"이노시카초라니?"

"화투라는 게임에 나오는 패의 조합인데, 기술 이름 같은 거예요." 어느새 CEO가 와서 대답했다.

"멧돼지와 사슴과 나비가 그려진 패가 모이면 고득점이죠."

"모여?" 에이전트 하루토가 나를 보았다. "너, 전에 말했었지. 저쪽 세계에서 노래하는 남자가 말해준 거."

"맞다." 생각났다. 이쪽 세계에 오기 전의 일이다. 나에게 이국의 문에 대해 가르쳐준 남자 이야기다. 그도 마찬가지로 다른 사람이 가르쳐주었다고 말했다. "전에 이곳에 문을 아는 사람이 또 있었"다고.

그리고 그 '문을 아는 사람'은 모였을 때 문이 나타난다고 말했고 자기 앞에 문이 나타났을 때는 "이노시카초였다"고 덧붙였다.

"그 댓글을 쓴 남자가 그 '문을 아는 사람'일까요?"

"그럴지도 몰라." 이렇게 말하며 고개를 끄덕이는 에이전트 하루토의 얼굴이 갑자기 처음 만났을 때처럼 용맹하게 보였다.

에이전트 하루토는 역시 원래 있던 장소로 가고 싶어한다. 나는 그렇게 느꼈다.

그도 내가 생각하는 바를 알아챘는지 물었다. "돌아가고 싶지 않아?"

그곳으로 돌아가면 나와 에이전트 하루토는 환영받을까. 쫓길 가능성도 있고 살 곳도 없다. 그에 비해 지금 생활은 적어도 목숨의 위험을 겁내지 않아도 되고 크게 불편함도 없다. 다만 내가 있어야 할 곳은 여기가 아닌 것 같아서 항상 불안했다.

중요한 일에서는 눈을 돌린 채 둥실둥실 떠다녀서 발이

땅에 닿지 않는 느낌이다.

결혼하는 남자

하늘을 덮기 시작한 구름은 이나와시로 호수를 짓뭉개는 거대한 발처럼 보였다. 농담濃淡이 뒤섞인 어스름한 회색은 나쁜 예감, 평온하지 않은 징조를 듬뿍 담고 있다.

오래전에 여기서 본 엄청난 하루살이 떼가 떠올랐다.

내일 음악 행사가 있는지, 무대 설치와 준비가 한창이다. 호숫가 모래밭에는 무대가 세워졌고 형형색색 지붕의 텐트 부스가 늘어서 있다.

관계자 외에는 들어가지 않는 편이 좋겠지. 멀리서 잠시 바라보다가 호수 주변을 걸었다.

"이 년 전에 오키아가리코보시를 발견한 게 이 근처였지." 그녀가 말했다.

나는 바로 호수를 향해 등을 쭉 펴고 인사했다.

"아버님, 따님과 결혼하겠습니다."

"아빠, 듣고 있을지도."

"호수 속에서?"

"아니, 이 근처를 둥실둥실 떠다닐지도 몰라. 유령처럼."

어? 나는 주위를 둘러보았다.

"유령 같은 무서운 이야기는 하지 마."

"아빠가 말했었어. 살았을 때는 마음대로였으니 죽은 다음에는 사람을 위해 도움이 되고 싶다고."

"뭡니까, 그건."

마침 그때 무대 쪽에서 음악이 들려왔다.

바람도 별도 나는 되지 않을 거야 멋진 유령이 되어서 흐느적거릴 거야

내일 출연하는 뮤지션이 리허설을 하나. 경쾌하고 여유 있으면서 절절한 느낌이 담긴 목소리가 울려 퍼진다.

살아 있는 동안 나, 나, 나였으니까 그만큼 여기저기 많이 바빴지 훌륭한 부유령 YES, IT'S ME

방금 여자친구가 해준 아버님 이야기와 겹쳐서 놀랐다. 그리고 요전 날 그녀가 말한 것이 떠올랐다. 아버님은 "죽어도 하늘의 별은 되지 않겠다"라는 말을 남겼단다.

별도 바람도 되지 않아, 그것은 이런 것일까.

"아마도 아빠는 멋진 부유령이 되어 떠다니며 사람을 돕고 있을 거야." 여자친구는 웃었다.

나는 또 주변을 두리번거렸다. 부유령은 어느 정도 높이

에 떠 있는 것일까. 어쩌면 여기저기에서 여자친구의 아버님 같은 부유령이 두둥실 떠돌며 각자 누군가를 위해 몰래 활약하는지도 모른다고 상상했다.

"그래서 그 문은 어디 근처였어?"

올해, 이나와시로 호수에 온 또 다른 이유다. 얼마 전에 이야기한 게임 방송인의 일이다. 그들은 "우리는 작년에 어느 장소에서 나타난 문을 넘어 이 세계로 왔다"라고 주장했다. 그것을 듣고 "어? 혹시?" 하고 떠올랐다.

"문을 본 것 같아."

여자친구는 처음에는 그 이야기를 웃어넘겼다. "나도 문 정도는 본 적 있어. 여기도 저기도, 화장실에도 있어."

"그런 뜻이 아니야. 작년에 이나와시로 호수에 갔을 때 주차장에서 사고 났던 거 기억나?"

"물론이지."

"그때 문을 봤어."

"문?"

작년에 여자친구에게 말한 듯한데 잊었나 보다.

"좀 떨어진 곳에서 갑자기 나타났는데 남자 두 사람이 문에서 나왔어. 그리고 그대로 어디론가 걸어갔지. 네 등 뒤에서 나타났으니까 못 봤겠지만. 그때 다들 흥분했고 순식간에 일어난 일이니까. 문은 금방 사라졌고."

"문이 나타나거나 사라지거나, 그런 게 가능해?"

"있을 수 없지. 그러니까 지금까지 잘못 본 거라고 여겼어." 나는 방송 영상을 가리켰다.

"어쩌면 그들이 말하는 문이 그때 본 것일지도."

내가 작년에 본 남자 두 사람이 바로 이 사람들 아닐까?

현장 검증 같은 것을 할 생각은 아니지만 그 주차장에 간다면 좀 더 기억이 날지도 모른다는 생각은 있었다.

"우리가 작년, 여기에 서 있었고." 주차장에 도착하자마자 나는 기억을 되살리며 말했다.

"여기에 사고가 난 두 그룹이 서 있었지." 여자친구가 동의했다.

"그랬더니 저쪽에서 문이. 그야말로 이 부근."

우리는 또 호숫가 모래밭으로 가서 반복해서 왔다 갔다 했다. "비다." 여자친구가 하늘을 가리켰다.

조금 전까지 먼 곳에 있던 검은 구름이 어느새 이쪽을 내려다보는 거대한 우주선이 되어 하늘을 덮고 있다. 손바닥에 빗방울이 떨어졌다.

돌아가고 싶은 소년

"그게, 나도 잘 모르지만, 옛날부터 모으는 걸 좋아하는데. 아니 그보다 뭐든지 저절로 모여."

하시다라는 남성이 우리 앞에서 즐거운 듯 그러면서 조금 쑥스럽다는 듯 말했다.

"저절로 모인다고요?"

"랜덤으로 들어 있는 과자 부록도 대충 사면 다 모이고, 파티에서 하는 빙고 게임도 자주 그래. 그리고 지금까지 네 번 결혼했거든. 그런데 일부러 노린 게 아닌데 부인이 전부 혈액형이 달라서 그런 것까지 모으는 데 성공했지 뭐야."

"네에?"

쉰이 넘었고 투자회사를 경영한단다. 우리 영상에 "나 때는 이노시카초였어"라고 댓글을 단 사람이 하시다였다. 영상에 댓글을 쓴 계정을 더듬어 연락하니 "꼭 만나고 싶다"라고 말했다.

"내가 고리야마까지 갈게."

그리고 지금 우리가 방송하는 방, CEO가 '당신과 자네 사무소'라고 부르는 그 '사무소'에서 테이블을 사이에 두고 마주 앉아 있다.

육 년째

그는 우리가 하는 게임 방송을 좋아해서 생방송 때는 거의 매번, 실시간으로 시청하고 있다고 했다.

"전부터 자네 군과 당신 씨의 '문 이야기'가 신경 쓰였어. 내 체험과 같아서."

"멧돼지와 사슴과 나비가 있었나요?"

"일 때문에 이나와시로 호수 근처에 왔는데 돌아가는 길에 문득 호수에 들르고 싶어졌어. 그런데 호수에 가보니 음악 행사가 있는지 한창 장비 설치 중이더라고. 방해되지 않게 조금 떨어진 곳에서 어슬렁거렸지. 솔밭을 산책하는데 주위에 있던 사람이 '멧돼지다!' 하고 야단법석을 떨지 뭐야."

평소라면 그런 곳에 멧돼지가 있을 리 없는데, 산에서 내려와 밭을 헤집다가 쫓겼는지 엄청난 기세로 달려왔다고 한다.

"내 앞에서 한순간 멈췄어. 그런데 음악 행사 준비 중이라는 간판에 사슴 일러스트가 그려져 있었거든. 아, 그래서 나비가 있으면 이노시카초네, 라고 생각했지."

"나비가 날아왔어?" 에이전트 하루토가 짧게 물었다.

하시다는 손가락을 딱 퉁기더니 "맞아!" 하고 소리쳤다.

"문을 넘어갔더니 그쪽이었고."

"노래하는 사람, 기억해요? 저는 거기서 그 사람에게 하시다 씨 이야기를 들었어요."

"아아, 그 사람. 기억해. 한가해 보이면서 섬세하고 좋은 사람이었지. '그쪽에서 바빴으니 여기서는 조금 느긋하게 지낸답니다'라고 했지만 그 모습을 보면 틀림없이 어디에서든 여유롭게 지낼 거야. 하지만 그 사람 노래에 맞춰 다들 춤을 추었지. 즐거웠어."

헤이, 베이비 따라와 미끄러져 들어갔더니 벌써 가을이야 사생활이 엉망진창이야 하고 싶은 일이 있었지만 이젠 하고 싶은 일도 없어

그는 즐겁고 경쾌하게 노래를 부르더니 일어나서 흐느적흐느적 몸을 흔들었다.

그래 서둘러도 소용없어 어디론가 가야 하는 것도 아니잖아 그래 내년까지 잠깐 쉬자 짧은 여름이 끝났어

"여름이 짧아?" 에이전트 하루토는 별걸 다 신경 쓴다.

"받아들이기 나름 아닐까." 하시다는 싱글벙글 웃으며 다시 의자에 앉았다.

"뭐든 받아들이기 나름이야. 그걸 배웠지."

"뭘요?"

"저쪽 세계는 아마도 이쪽보다 작을 거야. 그야말로 곤충 정도의 크기지."

물론 그것은 나도 느끼고 있었다. 호수와 초목, 벌레가 여기에 오기 전과 지금은 인상印象이 전혀 다르다. 하늘이 가깝게 느껴진다.

"모든 사물에 절대란 없어. 그쪽에서 나는 지금보다 작았으니까 그야말로 관점에 따라 사물이 달리 보인다는 사실을 배웠지."

"그렇군요."

"그래서 어떻게 하고 싶어? 내 이야기를 듣고."

처음 용건으로 되돌아갔다. "우리도 저쪽으로 돌아가고 싶어요."

저쪽 세계로 돌아가야 한다.

에이전트 하루토와 나는 결국 그런 결론에 다다랐다. 긴급히 이쪽 세계로 피난 왔다. 이 세계는 굉장히 평화로워서 마음이 편하지만 본래 살았던 곳은 여기가 아니다.

꿈에서도 보고 있겠지 굴뚝 속에 있겠지 정말로 기분이 좋으니까 이대로 있자

어디에선가 누군가가 부른 이 노래처럼 '이대로 있고' 싶은 마음을 떨쳐버리고 우리는 귀환하기로 결의했다.

"어디서 어떻게 해야 그 문이 나타날까?" 에이전트 하루토가 물었다. "어떻게 하면 모이지?"

하시다는 머리를 긁적였다.

"그건 나도 잘 몰라. 정말로 우연에 맡길 수밖에 없어."

"이 호수에 멧돼지와 사슴을 데리고 오면 어떨까? 나비는 날아온다고 하고."

"멧돼지를 어디에서 손에 넣느냐가 문제네. 그리고 그렇게 해서 문이 나타난다는 확신도 없고."

"하지만 이노시카초로 문이 나타났죠?"

"나 때는 그랬지. 매번 그런지는 나도 몰라."

"여기로 돌아왔을 때는? 저쪽 세계에서 돌아왔을 때는 뭐가 모였지?"

"실은 몰라. 갑자기 문이 나타났거든. 이건 억측인데 아마도 이쪽에서 무언가가 모였던 게 아닐까 싶어."

"저쪽, 이쪽 헷갈리네." 에이전트 하루토가 얼굴을 찡그렸는데, 확실히 그 말대로다.

지금 우리가 있는 곳이 '이쪽'이고, 원래 우리가 살던 곳이 '저쪽'이다. 이쪽에 와 있는 우리는 저쪽으로 돌아가고 싶다.

"우리 때도 적에게 둘러싸여 있을 때 문이 갑자기 생겼어. 모인 것도 없어 보였는데."

"아마도 이쪽에서 모였던 거겠지."

답은 하나도 안 나왔지만, 하시다는 "나도 도울게" 하고 말했다.

"우선 이나와시로 호수에 가자. 나 때처럼 여름에, 그 음악 행사가 열리는 즈음이 좋겠어."

그날을 위해 우리는 근력 트레이닝과 조깅을 시작했다. 저쪽은 이쪽과 달리 위험이 많다. 몸을 만들어두어야 한다. 에이전트 하루토는 아침부터 밤까지 몸을 움직이더니 2년 정도 만에 다부진 얼굴이 되었다.

CEO에게는 출발 전날에 말했다.

"돌아가려고 해." 에이전트 하루토가 이렇게 이야기를 꺼내고 "신세 많이 졌습니다" 하고 내가 감사 인사를 했다.

"정말 감사합니다."

"돌아가는군요. 섭섭하네요." CEO는 몸집이 작고 소년같이 생겼다.

"하지만 그 편이 좋을지도 모르겠어요."

"아직 성공할지 어떨지 모르지만."

"아, 이거 가지고 가요." CEO가 자신의 책상 위에 있던 비닐봉지를 건네주었다.

비닐봉지 안에 주먹밥이 몇 개 들어 있다. "내일까지 먹을 수 있으니까. 배가 고파지면 먹어요."

그리고 동전 모양의 자그마한 물건을 내 손바닥 위에 놓았다. 동전보다 훨씬 얇다.

"이건?"

"이번에 우리 회사에서 판매할 상품. 중요한 물건에 붙여놓으면 컴퓨터나 스마트폰으로 위치를 검색할 수 있어요. 물건을 자주 잃어버리고, 떨어뜨리는 사람을 위해 만들었죠. 가지고 가요."

"우리가 잃어버린 물건인가."

CEO는 또 소년처럼 웃었다.

"저쪽 세계에 돌아가더라도 당신들이 어디에 있는지 알 수 있을지도 몰라요."

재차 감사 인사를 전하고 짐이라고 할 것까지도 없는 작은 배낭을 멨다.

"어쩐지 섭섭하네요." CEO가 다시 그렇게 말하자 나도 섭섭해졌다.

내려가는 엘리베이터 안에서 슬쩍 옆얼굴을 보니 에이전트 하루토는 그다지 표정이 변하지 않았다. "아쉽네" 하고 작게 한숨처럼 중얼거렸을 뿐이다.

육 년째

결혼하는 남자

하늘이 숨었다고 생각했을 때 빗방울이 커지더니 지면을 때리기 시작했다.

나는 파카에 달린 모자를 쓰고 여자친구는 가방에서 접이식 우산을 꺼냈다.

하지만 휙, 바람이 불자 모자가 벗겨지고 펼치려고 했던 우산이 뒤집어졌다.

우습게 보면 안 되겠다. 푸드덕푸드덕 멀리서 거대한 새가 날갯짓하는 듯한 소리가 들린다. 그쪽을 보니 전시 부스용 텐트가 쓰러져서 바람에 휘날리고 있었다.

쿠당탕, 버팀목이 쓰러지는 소리도 났다.

그리고 또 날갯짓 비슷한 소리가 들린다. 후두두둑 주변을 때리고 울리는 빗소리가 공포심을 불러일으키는 북소리 같다.

몸이 비틀거린다. 푸드덕푸드덕, 쿠당탕, 후두두둑, 자연의 악기가 연주하는 라이브 연주가 우리를 덮친다.

"차로." 말을 하려는데 눈을 뜰 수가 없다. 바람이 너무 강하다.

"차로 돌아가자!"

"그러자." 여자친구의 말도 강풍에 막혔지만 전해지기는
했다.

어떻게든 눈을 뜨고 방향을 확인한 뒤 소나무에 부딪히
지 않도록 주의하면서 차를 세워둔 장소로 향했다. 하필이
면 꽤 먼 곳에 주차해두었다.

그때 알파벳 에이를 닮은 거대한 무언가가 그녀를 향해
날아오는 것이 보였다.

모래에 뒤덮인 에이가 솔숲의 나무들 사이로 바람을 타
고 나와 여자친구의 등에 부딪히려고 했다.

"위험해." 나는 여자친구를 향해 몸을 날리려는데 그때
에이 모양이 무언가와 충돌했다.

순식간에 일어난 일이다. 비바람을 맞아 머리가 혼란스러
워서 그런지 하늘을 날던 에이가 총에 맞은 것처럼 보였다.

에이는 그 자리에 떨어졌다.

자세히 보니 텐트 지붕의 천 같은 것이었다. 어디에서 날
아왔을까. 부딪힌 것은 주먹 크기의 돌이었다.

"괜찮습니까?"

목소리가 들려 그 방향을 쳐다보니 남자가 서 있다. 나보
다 젊고 스무 살 전후로 보인다. 팔꿈치를 구부려 오른팔을
움직이며 물건을 던지는 시늉을 했다. 아무리 천이라고 하

육 년째

지만 꽤 크다. 돌을 던져 한 방에 떨어뜨릴 수 있을까. 아니, 실제로 그렇게 했으니까 할 수 있겠지.

"바로 저기에 저희 차가 있어요." 그가 안내했다. 정체도 모르는 젊은이를 따라가야 하나 말아야 하나 주저했지만 그때 또 한층 바람이 거세져 여자친구가 비틀거렸기에 그가 문을 열어준 박스 왜건의 슬라이딩 도어 안으로 뛰어 들어갔다.

"엄청나네. 흠뻑 젖었잖아." 차 안에 있던 머리가 하얀 나이 많은 남자가 수건을 나와 여자친구에게 한 장씩 건네주었다. "얼른 닦아."

슬라이딩 도어가 닫혔다.

"위험해 보여서 데리고 왔어요." 운전석에 앉은, 조금 전에 여자친구를 구해준 젊은 남자가 설명했다.

말을 하는 동안에도 박스 왜건이 덜컹덜컹 흔들린다. 바람이 자동차를 뒤집으려고 하는 듯하다.

차 안에는 남자가 한 명 더 있었다. 그쪽은 나보다 연상으로 콧날이 오똑하고 눈동자도 파란색이라서 서양인으로 보였는데, 그가 운전석의 남자에게 "그래서 어땠어?" 하고 물었다. "문은?"

"틀렸어요. 모아봤는데요." 젊은이가 대답하고 부스럭부

스럭 어디에선가 잡지와 가위를 꺼냈다. 여자친구가 가윗날을 보고 반사적으로 몸을 움츠렸다. 나도 깜짝 놀랐지만 그는 신경 쓰는 것 같지 않다.

"돌은 던져버렸어요."

"역시 의도적으로 모아도 안 되나 봐." 백발 남자가 얼굴을 찡그린다.

"게다가 가위바위보는 모으기가 너무 간단하잖아."

"혹시 문이 나타났다가 이 바람에 날려간 거 아니야?"

"제대로 보고 있었는데요, 문이 나타난 것 같지는 않았어요."

행사 관계자일까. 이야기를 듣고 있는데 여자친구와 눈이 마주쳤다. 수건으로 머리를 닦으면서 무언가 말하려는 표정으로 힐끗힐끗 눈동자를 움직인다.

도대체 무슨 일일까.

무슨 뜻인지 몰라서 '응? 왜?' 하고 소리를 내지 않고 되물었다.

기다리다 지쳤는지 여자친구가 행동으로 옮겼다. "저기요" 하고 물었다.

"지금 이야기하는 '문'은 뭔가요?"

아, 그런가. 문이라면 우리가 오늘 여기 온 이유 중에 하나 아닌가.

세 사람은 서로 확인을 하려는 듯 잠시 눈빛을 교환했다.

"실은." 이야기를 시작한 사람은 운전석에 있는 젊은 남자였다.

"여기에 문을 나타나게 하려고 왔어요."

젊은 남자 목소리를 어딘가에서 들어본 적이 있는 듯했다. 여자친구를 보니 고개를 끄덕이고 있다.

"혹시 게임 방송을 하고 있지 않나요?"

돌아가고 싶은 소년

방송 시청자를 만날 것이라고는 생각지 못했기에 놀랐다. 언제나 냉정한 에이전트 하루토 역시 표정이 변했다.

"어딘가에서 들은 목소리 같아서요" 하더니 남성이 방송 닉네임을 말했다.

"자네 군과 당신 씨죠?"

"유명인이네" 하고 하시다는 태평하게 말했다.

"저기." 여성이 조심스럽게 말했다.

"가위바위보, 모으다, 그게 뭔가요?"

여기에 온 이유를 설명했다. 시청자라서 그런지 우리가
문을 넘어 이쪽 세계로 왔다는 것을 알고 있어서, '믿는다'
라기보다 '반신반의'라고 솔직하게 말했지만, 여하튼 말이
쉽게 통했다.

"문은 무언가가 모였을 때 나타나요."

"모여요?"

"그래요." 하시다가 대답했다. "아마도 세 가지 물건이요."
그렇게 말하면서 예로 '이노시카초' 이야기를 했다.

"가위바위보는." 남성이 고개를 갸웃거렸다.

"바위와 가위와 종이." 에이전트 하루토가 손가락 세 개
를 세웠다. "이것을 모아봤어."

"제가 세 개를 가지고 나란히 놓아 봤는데 문은 나타나지
않더라고요. 그리고 갑자기 날씨가 궂어지더니 두 사람이
다가왔죠."

커다란 천이 날아와서 돌을 힘껏 던져 구했다.

남성과 여성은 창밖으로 시선을 던졌다.

"문, 안 나타났네요."

"역시 미리 물건을 준비하면 안 되나." 에이전트 하루토
가 말했다.

어렴풋이 그런 예감, 나쁜 예상을 한 나는 "역시 그런가

육 년째

요" 하고 우울해졌다.

"어디까지나 우연히 모여야 하는 걸까요."

"아, 그런 거라면, 작년에!" 남성이 그때 소리를 높였다.

무슨 일인가 싶어 에이전트 하루토는 경계했다.

"실은 작년에 여기에서 문을 봤어요." 남성이 말했다. "그리고 그때 여기서 우연히 모인 게 있었어요."

그는 작년에 이 주차장에서 일어났던 일을 이야기했다. 자동차 접촉 사고가 있었는데, 그때 어이없는 우연의 일치를 발견했다고 한다.

"그런 우연이 있나." 하시다가 유쾌하게 웃었다.

"그러게 말이에요. 정말 놀랐어요. 그러고는 문이 나타나더니 거기에서 두 남자가 나왔어요."

"우리다."

"우리군."

"역시." 그는 말하면서도 어쩐지 믿어지지 않는 듯하다.

"똑같은 일이 또 일어나면 될까?" 에이전트 하루토가 말했다.

"아마도." 나도 동의했다.

"원래 있던 곳으로 돌아가나요?" 여성이 물었다.

"두 사람의 이름이 나와 같은 '하시다'일리는 없겠지?"

남성과 여성은 동시에 머리를 저었다. "저는 마쓰시마고, 이쪽은 덴노예요. 역시 그렇게 잘 풀리지는."

바람이 한층 더 거세지고 차를 덜컹덜컹 흔든다. 비가 창을 적시는 것이 아니라 때린다. 하늘도 새까매서 영원히 이 상황이 계속 이어질 것 같아 무서웠다.

그다지 배가 고프지는 않았지만 CEO에게 받은 주먹밥을 모두에게 나누어주고 그것을 먹는데 비가 그치기 시작하더니 바람도 약해졌다.

결혼하는 남자

"무슨 일 있어?" 차에서 내려 그들에게 감사 인사를 하고 나서 여자친구에게 물었다. 두리번거리고 있었기 때문이다.

"어깨를 두드린 것 같아서 돌아봤더니 저 나뭇가지가." 여자친구가 10센티미터 정도 길이의 나뭇가지를 집어서 보여주었다.

"어디에서 날아왔을까."

"그랬더니 이번에는 종이 같은 게 떨어졌어. 봐봐 저기. 어디에선가 날아왔나 봐." 몇 미터 앞을 가리켰다.

여자친구는 그 종이가 팔랑팔랑 떨어지는 모습을 눈으로 좇고 있던 듯하다.

방송 진행자 자네 군이 종이 근처로 가서 종이를 주워 들었다.

"화살표네요."

음악 행사 안내장이 바람에 흩날리나 보다.

그가 든 종이에 그려진 화살표는 이나와시로 호수를 가리키고 있어서 우리는 이끌린 듯 그쪽으로 시선을 향했다.

"가끔 아빠가 신호를 보내는 듯한 느낌이 들 때가 있어." 여자친구가 말했다. "지금처럼 무언가가 몸을 치거나, 바람에 무언가가 날아왔을 때. 도와주려고 신호를 보내는 것 같아."

"무슨 신호?"

"별도 바람도 되지 않고 열심히 다른 사람을 도와주려고 애쓰는 아빠를 상상하게 돼."

"훌륭한 부유령?"

"웅. 아빠는 '대부분은 처음으로 돌아와. 다시 할 수 있으니까'라고 말했으니 어쩌면 저 두 사람도 원래대로 돌아갈 수 있게 해주고 싶을지도 몰라."

"그런 작전?" 여자친구의 아버지가 돌아가시기 전에 작전회의를 열었다는 것을 떠올렸다.

"작전이라고 할 만한 정도는 아니지만."

화살 방향이 신경 쓰인다. 그쪽을 보니 솔숲 입구 근처에 사람이 모여들고 있었다. 우리가 다가가자 방송 진행자 두 사람과 하시다도 따라왔다.

고령자 세 사람이 모여서 모래 위에 나무를 늘어놓고 있었다. 무슨 일 있습니까, 물었더니 "비가 내려서 다들 젖었으니까 불이라도 피우려고. 모닥불 말이야, 모닥불" 하고 말했다.

"여러분도 불 좀 쬐요."

확실히 춥다. 몸을 녹일 수 있다면 감사하다. 하지만 근처에 있는 이파리와 나뭇가지는 전부 젖어서 불을 가져다 대도 붙을 기미가 전혀 안 보인다.

점점 추워진다. 그때 그곳에 어디에선가 다른 남자가 종이봉투를 가지고 다가왔다. "이거 불 피우는 데 쓸 수 있지 않을까요?"

"그게 뭐예요?"

봉투에서 마구잡이로 꺼내어 그 자리에 놓았다. "오래된 죽도예요. 검도 할 때 쓰는. 더는 쓰지 않는 거니까 버리려고 부러뜨려서 가늘게 쪼갠 건데요."

듣고 보니 조각난 죽도였다. 그 자리에서 쌓아 올리듯 늘어놓기 시작했다.

"흐음, 완전히 갰네." 하시다가 하늘을 올려다보며 양팔을 펼쳤다.

조금 전까지 세차게 내리던 폭풍우는 어디로 사라졌을까. 착각 아니었을까, 그런 생각을 하며 조금 먼 곳을 바라보니 음악 행사 스태프들이 부러진 버팀목과 어질러진 무대 주변에서 분주하게 움직이고 있었다. 힘들겠다고 생각하면서 뭔가 할 수 있는 일이 있으면 좋겠다는 생각이 들었다. 우리도 돕고 싶다고.

누군가가 어깨를 톡톡 쳐서 제정신이 들었다. "그러게. 돕는 게 좋겠어." 그런 말을 들은 것 같은데 아무도 없다.

"저쪽을 도와주러 갈까요?" 자네 군이 말했다. 나와 같은 생각을 했나 보다.

"그러자." 당신 씨가 동의한다.

"문은 어쩌고." 하시다가 말했다.

방송 진행자 두 사람은 얼굴을 마주 보고 말없이 대화했다. 애처로운 미소를 짓더니 어깨를 으쓱했다. 이미 포기한 것인지도 모른다. 그런 생각이 들자 갑자기 '어떻게든 해주고 싶다'라는 마음이 일었지만 어떻게도 할 수 없는 것도 현실이다.

"미야시마 씨, 슬슬 불을 붙일까요?" 죽도를 가지고 온 남자가 점화용 도구를 든 남자에게 말을 걸었다.

"앗!" 그때 무언가가 번뜩여서 나는 소리를 질렀다.

그러자 여자친구도 "앗" 하고 말했기에, 그야말로 작년 말의 송년회에서 그 빙고 게임처럼 두 사람이 동시에 골에 다다른 듯하여 감동했다.

"무슨 일이야?" 당신 씨가 물었다.

"모였을지도 몰라요." 내가 말하자 여자친구도 고개를 끄덕였다.

"모였다고요? 뭐가, 어떻게?" 자네 군이 다가왔다. 손에는 아직 주먹밥을 들고 있다.

잘난 척할 생각은 없었다.

"지금 저기에 있는 사람을 미야시마 씨라고 불러서 깨달았어요."

내가 말하자 대나무에 불을 붙이려던 남성이 '불렀어?'라는 듯한 얼굴로 쳐다보기에 아니라는 듯 손을 흔들어 얼버무렸다.

"제 이름은 마쓰시마고, 여자친구는 덴노예요."

"그게 왜?"

"일본 삼경(마쓰시마와 미야시마, 아마노하시다테인데, 아마노하시다테
=天橋立와 덴노=天野에 다 하늘 천=天이 들어간다-옮긴이)요. 일본의 명
승지, 세 곳의 이름이에요."

"일본 삼경!" 자네 군이 눈을 동그랗게 떴다. "시청자가
가르쳐준 적이 있어요."

"그렇군." 당신 씨가 말했다.

"아니, 잠깐만. 마쓰시마 씨와 미야시마 씨는 그렇다 쳐도
덴노 씨는 억지 아니야? 아마노하시다테와 덴노는 같은 하
늘 천 자를 쓰기는 하지만." 하시다가 그렇게 말하더니 "그
런가" 하고 웃음을 터뜨렸다.

"내 이름 하시다도 이어지려나."

"맞아요." 목소리가 점점 커졌다.

"아마노와 하시다를 합쳐서 아마노하시다테. 이것으로
일본의 삼경이 모였어요."

"억지야. '아마노'와 '하시다'를 합쳐도 '테'가 없어."

"그건 좀 봐주지 않을까요." 내 의견의 허점을 찔러서 나
는 씁쓸하게 웃을 수밖에 없었고 하시다를 비롯한 진행자
두 사람은 어쩐지 표정이 굳어졌다.

"그거 아니라도." 그때 여자친구가 말했다.

"그거 아니라도?" 예상 못 한 말에 나는 그대로 되물었다.

"저기에 있는 죽도를 보고 깨달았는데. 여기에 솔숲이 있잖아? 그리고 죽도는 대나무고."

"송죽매인가!" 하시다가 손뼉을 치려고 했다.

"소나무와 대나무와."

매화는? 그렇게 생각했을 때 여자친구가 자네 군의 손에 시선을 던졌다. 먹고 있던 주먹밥이 있다. 속에 무엇이 들었는지는 확인하지 않아도 안다.

"확실히 모였네."

"잠깐, 내 일본 삼경설도." 그때 머릿속에 빙고 게임 때 여자친구가 한 말이 떠올랐다.

"빙고는 정해진 답이 하나가 아니라서 좋아요. 조합이 여러 가지잖아요."

어떤 조합이든 모였다는 것이 중요하지 않을까. 정답은 없다.

봐, 저기. 누가 말했는지 모른다. 솔숲 가운데에 희미하게 나타난 문이 보였다.

진행자 두 사람은 망설이지 않고 그곳을 향해 달렸다.

나는 그 뒷모습을 멀거니 바라볼 수밖에 없었다. 문득 귓가에서 누군가가 "자네 의견은 조금 억지스러웠어" 하고 속삭이기에 깜짝 놀라 주위를 둘러봤지만 그곳에는 아무도

육 년째

없었다.

멋진 부유령 맡겨둬 슬픈 일이 일어나지 않도록 브레이크를 밟자

칠
년
째

이나와시로 호수의 남자

위도 아래도 하늘이다. 그렇게 생각될 정도였다. 새파란 하늘에 하얀 구름이 걸려 있고 눈앞의 호수는 그 푸른 하늘을 반사할 만큼 파래서, 멀리 보이는 반다이 산의 그림자도 파랗게 물든 듯 보였다. 파랑과 하양뿐이다. 이나와시로 호수의 수면은 불어오는 바람에 잔물결이 일렁여서, 거기에 비치는 풍경은 수채화처럼 번져 보였다. 그것을 바라보는 내 마음도 바람에 흔들리는 듯했다.

조금 앞으로 가보니 작은 무대가 세워져 있고 스태프들이 분주하게 음향 기기를 세팅하고 조명을 배치하느라 한창이다.

"오늘은 가수 라이브가 있나?" 옆에 있는 가도쿠라 과장님이 물어서 대답했다.

"사전에 자료를 드리고 설명드렸잖아요."

그러자 가도쿠라 과장님은 "아, 죄송합니다." 스무 살 이 상이나 어린 나에게 그렇게 정중하게 사과하더니 머리를 숙였다. "최근 계속 거래처만 돌아다녀서 자료를 볼 시간이 없었어."

가도쿠라 과장님은 여전히 여기저기 사과만 하러 돌아다 니는데, 본래 담당자도 아닌데 오늘 이 행사장에 온 이유도 '사죄 안건'이 숨겨져 있기 때문이다.

옆 부서에 있는 아내에게 그 이야기를 들었다. 아내는 동 기에게, 그 동기는 또 다른 누군가에게 듣고, 즉 사람의 입 에는 자물쇠를 채울 수 없다는 사실을 실제로 증명한 것과 마찬가지였다. 여하튼 '우리 회사 상무님이 회의 중에 거래 처 높은 사람을 화나게 했다', '누가 어떻게 해석해도 우리 회사 상무님이 잘못한 거야', '우리 회사 상무님은 사죄 방 법도 엉터리라서 더 상대방을 불쾌하게 했다', '늦기 전에 제대로 사과해서 관계를 회복해두는 것이 좋겠다', '가도쿠 라 과장에게 맡기자' 이런 흐름이었던 모양이다.

그 거래처 기업은 이나와시로 호수의 행사에 자금을 협 찬하고 있는데, 주변 시설을 설치하는 날인 오늘, 거래처 기업의 높은 사람이 이나와시로 호수 현장에 들른다는 이야기를 나도 들었다.

"마쓰시마 씨, 그런데." 가도쿠라 과장님이 나에게 물었다. "오하라 소스케는 어떤 사람이야?"

누구를 말하는지 바로 알았다. 이 아이즈 지방의 민요 〈아이즈 반다이 산〉의 노랫말에 나오는 인물이다.

"늦잠, 아침 술, 아침 목욕을 아주 좋아해서 재산을 탕진했다는 후렴구가 나오잖아. 정말 그런 사람이 있었어?"

"여러 가지 설이 있는 것 같아요. 모델이 있다든가, 보신 전쟁(1868~1869년까지 일본에서 왕정복고로 수립된 메이지 정부와 옛 막부 세력 사이에서 일어난 내전이다-옮긴이) 때 죽은 사람 중 같은 이름을 가진 인물이 있다든가. 자고 마시고 온천에 들어가는 등 자기 마음대로 사는 사람이라는 느낌이에요."

"하지만 노랫말에 나올 정도니까 미워할 수 없는 사람이었겠지?"

"뭐, 우아하게 살면서 재산까지 불렸다면 주위의 질투를 샀을 테니까요. 재산을 탕진했다는 쪽이 불만이 없겠지요." 교훈은 된다.

"부러워. 늦잠이라든가 아침 목욕이라든가. 우리 집이라면 아내에게 혼날 거야."

어떻게 맞장구를 쳐야 할지 몰라서 나는 어색하게 웃기만 했다.

어디에선가 노래가 들려왔다. 라이브 연주가 아니라 설치된 스피커에서 흘러나오는 음악이라는 사실을 깨달았다.

곡명은 모르지만, 상냥하고 귀여운 노래가 바람을 타고 날아와 포근하게 우리를 감싸는 듯했다.

내가 사랑하는 그 사람이 정말로 행복해졌으면 좋겠어 내가 사랑하는 그 사람이 정말로 복이 많으면 좋겠어

도대체 어떤 상황을 노래한 것인지 바로 알 수 없었지만, 가도쿠라 과장님이 "동감이야" 하고 말했다.

"사랑하는 사람이 있으세요?" 무심결에 물었다.

"옛날에 우리 딸이 초등학생이었을 때 주말 한밤중에 고열이 났던 적이 있어. 어떻게 해야 할지 몰라서 근처 병원으로 업고 달려갔지."

"응급실요?"

"아니, 개인이 하는 소아과병원이었어. 홈페이지에 진료시간이 적혀 있었는데 그건 형식적이고 어째서였는지 모르겠지만 한밤중이나 휴일에도 환자를 받았어. 우리 아이도 진찰해줬지."

"좋은 사람이네요."

"맞아, 아주 훌륭한 의사 선생님이었어. 아마 많이 힘들었을 텐데도 어쨌든 아이들을 위해 사생활을 희생했지."

"그래서요?"

"그런 사람이 정말로 행복해졌으면 좋겠어. 정말로 복이 많으면 좋겠다니까."

그런 세계를 그런 운명을 그 사람이 걸었으면 좋겠어

"정말 그러네요. 하지만 의사 선생님이니까 그런대로 잘 살지 않을까요?"

"그 사람이 고생하는 걸 보면 대궐 같은 곳에서 살 정도로 부유해도 될 것 같아."

"대궐에서 소아과병원을 할까요."

"거기까지 생각하지 않았어. 미안하군."

"사과하지 않으셔도 돼요." 또 어색하게 웃었다. 사 년 전에도 가도쿠라 과장님과 함께 이나와시로 호수에 왔다. 그 때 대화를 나누면서 나는 가도쿠라 과장님을 존경하게 되었는데, 오랜만에 친밀하게 이야기를 나누다 보니 '역시 얼빠진 사람인가' 다시 그런 생각이 든다.

그 사람이 정말로 행복하면 좋겠어

노래가 흐르는 동안 나는 '그 사람들'을 생각했다. 작년 여기에서 만났던 게임 방송 진행자들 말이다.

칠 년째

그들의 영상 방송을 매니지먼트했던 사무소는 '자네와 당신은 은퇴했습니다'라고 발표했지만 나와 아내는 그 진상을 안다.

그들은 다른 세계로 돌아갔을 것이다. 여기서는 보이지 않는 장소다. 그쪽에서도 이쪽은 보이지 않을지도 모른다.

정말로 행복했으면 좋겠다. 먼 곳에 있는 그들을 위해 그렇게 기도했다.

임무가 있는 소년

"대표님, 오늘은 예정대로 거대 호수에서 의식을 거행해도 괜찮습니까?" 내가 묻자 멋진 옷을 입은 에이전트 하루토가 멋쩍어하며 대답했다.

"대표 같은 딱딱한 단어 쓰지 마. 에이전트 하루토라고 부르면 돼."

"하지만 이제 말단 스파이가 아니니까요. 대표잖아요." 물론 언제나 마음속에서는 에이전트 하루토다.

"대표라는 직함, 얼마 전에 막 생긴 거잖아."

"필요합니다. 모두의 대표가."

일 년 전, 나와 에이전트 하루토는 모르는 나라에서 이곳으로 돌아왔다. 그러나 돌아왔을 때는 고향에 돌아왔다는 안도감과 돌아왔지만 어디로 가야 할지 모르는 막막함이 반반이었다. 우리는 원래 소속했던 본부에 배신당해 도망쳤다. 돌아간들 "어서 와! 무사해서 다행이야!"라고 환영받을 리가 없다.

하지만 결국 본부로 돌아가기로 했다.

그저 다른 선택지를 찾는 일에 지쳤다.

다른 땅에서 느긋하게 생활하면 평화롭지만 그것은 그것대로 정신이 둔해지고 해이해져서 나에게 주어진 시간을 낭비하는 듯하여 괴로웠다. "그렇다면 가장 돌아가야 할 곳으로 향하는 편이 낫겠지." 에이전트 하루토는 그렇게 정했다. 우연히 매미를 이용한 구식 비행 장치를 발견하면서 순풍에 돛을 달았다. 그것을 타고 그다음은 될 대로 되라는 식으로 행동하니 아니나 다를까 본부에 붙잡혔다.

배신자와 도망자라는 죄목으로 수감되어 처벌만을 기다리는 상황이 되자 나는 포기하는 심정으로 나날을 보냈다.

사태가 바뀐 것은 우리의 노력 때문이 아니라 그저 본부에서 내분이 일어났기 때문이다.

몇 년 전, 상층부에 에이전트 하루토를 함정에 빠뜨리고

칠 년째

말살하려고 했던 사람들이 있었으니, 마찬가지로 그 사람들을 쫓아내려고 계략을 꾸미는 사람들이 있다고 해도 이상하지 않다. 성자필쇠, 인과응보, 악행은 자신에게 돌아간다는 뜻이다.

간단히 말하면 '반 에이전트 하루토파'를 '친 에이전트 하루토파'가 전복시켰다.

우리는 순식간에 석방되었다.

순풍은 그것만이 아니었다.

우리가 없었던 동안에 적 조직과의 싸움에도 변화가 일어났다. 십 년 가까이 우리도 적도 서로가 군사 목적의 병기를 개발하는 일에 기를 쓰고 있었다. 우리는 주로 나노 병기를, 적은 주로 곤충 연구로 시작한 병기를 제작했는데, 돌아보면 '그쪽이 그렇게 나온다면 이쪽은 이렇게' 하는 식의 쳇바퀴 돌기에 가까웠다. 결과적으로 군비는 턱없이 늘어났고 연구원들은 피폐해지고 말았다. 특히 연구원 쪽이 더 영향을 받았다. 그도 그럴 것이 밤낮 혹사당하는 데다가 계속해서 새로운 것을 내놓으라고 하니 의욕이 줄고 정신질환이 생기는 사람도 연이어 나왔다. "나노 연구자라도 만드시든가." 이렇게 막말을 남기고 사라지는 사람도 나와서 개발 부문은 기능이 멈추어버렸다.

다행히 적 조직도 같은 상황이었다. 양쪽의 개발자가 한 계점에 다다른 상태로 일을 하고 있었던 모양이다.

누가 언제 어떻게 제안했는지 모르지만 지금까지의 싸움 방식은 그만두기로 서로 의견이 일치했다. 다른 방식으로 단번에 매듭을 짓고 그 승패로 이 싸움을 끝내기로 했다.

도대체 무엇으로 승패를 결정할까.

선택된 전투 방법은 그때 양쪽 군부가 막 손에 넣은 것, 두 사람이 컨트롤러를 조작하여 모니터 안에서 전투를 벌이는 가상 시스템이다. 세 사람씩 조종사를 선발하여 그것을 사용하여 승패를 겨루기로 했다.

이야기를 듣고 나와 에이전트 하루토가 지원했다. 자신이 있었다. 이곳에 돌아오기 전까지 일 년 동안 다른 나라에서 우리는 비슷한 것, 즉 게임 공략을 수도 없이 했다.

이나와시로 호수의 남자

"이번 일은 정말로 죄송합니다." 인사를 끝내자마자 가도쿠라 과장님이 바로 머리를 깊숙이 숙이며 사과를 하자 상대방은 당황하며 웃었다.

"갑자기 왜 그러세요."

젊은 경영자는 요즘 드물지 않다. 나와 같은 아니, 더 젊은 사람이 세운 회사가 급성장하여 각광을 받는 일도 많다. 그런 사람을 눈앞에서 보니, 대학을 나와 기업에 취직하여 월급을 받으면서 주어진 일만 하며 살아온 자신이 시대에 뒤처진 듯하여 불안해지기도 했다.

눈앞에 있는 가냘픈 여성. 대표이사인 쓰지모토 씨는 나보다 띠동갑 정도로 나이가 많은데 인터넷으로 정보 제공을 하는 회사를 세우고 단숨에 유명해져서 웹 미디어와 지상파 방송에도 등장하는 젊은 경영자다. 가도쿠라 과장님이 사과할 상대가 그 유명인이라는 사실에 나는 놀랐다.

가도쿠라 과장님이 주저 없이 허리를 숙이고 사과를 하니 옆에 있던 나도 방관만 할 수 없어서 똑같이 머리를 숙이며 "죄송합니다" 하고 말했다.

쓰지모토 씨는 "상관없는 사람까지 사과를 하시니 어쩐지 마음이 안 좋네요" 하고 웃었다.

"마음을 상하게 해드려 정말 죄송합니다." 진지하게 가도쿠라 과장님이 사과를 또 하자 쓰지모토 씨가 웃음을 터트렸다.

"괜찮아요, 괜찮아요. 저 그런 거 신경 안 써요."

손을 젓는 쓰지모토 씨는 연일 성장하는 기업의 수장으로서의 여유가 있어서인가 시원시원했다. 나도 언뜻 안도의 한숨이 나왔다. 현대적 기업의 얼굴이라서 그런지 거래처 사람의 무례한 말을 마음에 담아둘 만큼 속 좁은 사람이 아니라고 이해했다.

그런데 그때 마찬가지로 안심한 가도쿠라 과장님이 "그러면 내년 이후도 이 행사에 협찬해주시는 것이지요?" 하고 묻자 쓰지모토 씨가 "그건 안 되겠어요"라고 대답해서 당황했다.

"네?" 가도쿠라 과장님도 말했다.

"사과할 필요는 없지만 우리가 귀사와 같이 일할 이유도 없어요."

"저희 회사의 이 행사는." 가도쿠라 과장님이 말을 꺼냈는데 여러 사람의 목소리에 지워졌다. 촬영용인지 호수 근처에서 드론이 날아오른 모양이다. 붕 떠올라 공중을 날기 시작했다.

"저는 애초에 이 행사를 잘 몰라서요." 쓰지모토 씨가 어깨를 으쓱했다.

"우리 회사 부사장인 미야모토가 이 행사에 협찬하고 싶다기에 괜찮겠다고 생각했을 뿐이에요. 대학생 때 여행을

칠 년째

다녀온 뒤부터 줄곧 이나와시로 호수를 좋아하기도 하고요.
그렇지만 귀사의 그런 사람, 저는 그다지 좋아하지 않으니
까…… 그런 사람이 있는 회사와 같이 일하고 싶지 않군요."
쓰지모토 씨의 말은 불쾌하지 않고 위협이나 흥정이 없는
진심이 담겨 있어서 상쾌한 느낌마저 들었다.

"그 사람, 혹시 사내에서도 젊은 사람을 곤란하게 하지
않나요? 우리라면 바로 중요한 일에서 제외할 텐데요."

나는 솔직히 동의하고 싶었다. 직장 내 괴롭힘을 일삼는
상무님이 모두를 곤란하게 만드는데, 사장님의 총애를 받고
있어서 눌러앉아 있다고 말하고 싶었다.

가도쿠라 과장님은 쓰지모토 씨를 똑바로 보고 있었다.
용서하지 않는 모습에 당황하지도, 자신의 임무를 완수하지
못한 것에 초조해하지도 않았다. 잠시 후 "그런 생각을 하는
분과 같이 일을 하게 되어서 감사합니다"라고 그야말로 초
등학생처럼 솔직히 감상을 말하고 다시 정중히 고개를 숙
였다.

"감사하다고 말씀하셔도." 쓰지모토 씨도 과연 난처한 모
양이다.

"가도쿠라 과장님, 좋은 사람이네요. 하지만 우리에게 상
당한 이득이 있다면 또 모르지요."

그러자 그때 한 남성이 다가왔다. 초등학생 정도 되는 소년을 데리고 있다.

"아, 이쪽이 아까 말씀드린 부사장 미야모토예요." 쓰지모토 씨가 말했다. 그녀와 비슷한 사십 대 전후반 정도로 보인다. 몸집은 작지만 자세가 반듯하고 머리가 좋아 보인다.

"미야모토 씨, 지금 사과를 하러 오셨어요." 쓰지모토 씨가 우리 회사 이름과 우리를 소개하려고 하자 미야모토 씨가 선뜻 말했다.

"오늘 이곳에 오신다는 연락을 받았어요. 가도쿠라 과장님이시죠?"

인사를 하려고 했는데 그때 옆에 있던 소년이 곤충 채집통을 내밀며 말했다. "이거 봐요."

나와 쓰지모토 씨가 꺅, 하고 비명을 질렀다. 메뚜기와 나비 혹은 매미 같은 곤충이 있겠지, 생각하며 들여다보았는데, 안에는 예상과 달리 다리가 길고 검은색인지 갈색인지 알 수 없는 곤충이 있었다.

"어, 이거 몰라요? 투구벌레예요." 소년이 점점 나에게 다가온다.

"알아요, 알아요. 알지만 별로 안 좋아해요." 나는 아이를 상대로 존댓말이 나왔다.

칠 년째

"왜요? 독도 없는데요. 찌르지도 않고요."

그렇다. 그저 뒷다리가 길고 몸이 볼록한 모양이 아무리 봐도 어쩐지 기분이 나쁘고, 어릴 적 할머니 집 목욕탕에 나타나서 엄청나게 뛰어오른다 싶더니 내 허벅지에 착지했던 것이 기억 속에 공포로 남아 있다. 그런 이야기를 하자 소년은 "곤충은 잘못한 게 없잖아요" 하고 진지하게 말했다.

"누명이에요."

"맞습니다." 내가 그렇게 대답하자 쓰지모토 씨와 미야모토 씨가 웃었다.

마음이여 움직여라 움직여라 마음아

조금 전과는 다른 노랫말이 스피커에서 흘러나왔다. 경쾌하고 상냥한 목소리가 파란 하늘과 호수와 바람을 흔드는 듯했다.

돌아라 굴러라 움직여라

하늘을 떠도는 노래를, 드론에 태운 듯했다.

임무가 있는 소년

우리 생각보다, 나와 에이전트 하루토가 게임 방송을 하면서 기른 솜씨는 훨씬 뛰어났다. 적 조직과의 결전의 날 전에 출장자 선발을 했는데 우리가 압도적으로 강해서 본부 전원의 눈이 휘둥그레졌다.

남은 한 명은 에이전트 혼다라고 불리는 야윈 몸에 머리가 짧은, 우리가 모르는 남자였다. "잘 부탁합니다." 활짝 웃으며 말했다.

"지면 끝이니까 절대 방심하지 맙시다!"

기세를 타고 떠오른 대로 말한 듯했지만 나쁜 사람으로는 보이지 않았다.

결전 당일, 대결은 싱거웠다. 나와 에이전트 하루토는 평소대로 그야말로 다른 세계에서 게임 방송을 했던 때처럼 가볍게 플레이했는데 상대를 제압할 수 있었다. 에이전트 혼다도 예상보다 훨씬 잘했다.

적은 엄청난 실력 차에 분함도 잊고 패배를 받아들였다.

"어쩌면 저쪽도 싸움을 그만둘 계기를 찾고 있었을지도 몰라." 지금부터 한 달 전, 두 조직의 경계에서 '분쟁 종결'의 조인을 체결하는 모습을 바라보면서 에이전트 하루토가 말했다.

내가 사랑하는 그 사람이 정말로 행복했으면 좋겠어 / 내가 사

칠 년째

랑하는 그 사람이 정말로 복이 많으면 좋겠어

노랫소리가 점점 가까워진다고 생각했더니 에이전트 혼 다였다.

"뭐야 그 노래?" 내가 묻자 "이거 좋아해요"라고 말하면서 이를 드러내고 웃었다.

"저쪽에서 자주 들었어요."

"저쪽?"

그러자 그는 슬쩍 얼굴을 가까이 대고 나쁜 장난을 보고 하듯 속삭였다.

"실은 저 다른 나라에서 왔어요. 어떻게 왔는지 잊어버렸 지만요."

"뭐?"

"여기는 여기대로 즐겁게 살고 있지만, 가끔 생각해요. 저 쪽에 있는 사람들이 정말로 행복했으면 좋겠다고요."

"흐음."

"예전에 정말 좋아하는 음악가가 있었어요. 미국 밴드요. 멋있는 곡을 많이 만들었어요. 그렇게나 멋지게 기타를 치 니까 굉장한 부자겠지 싶었는데요, 만년에 한 인터뷰를 읽 었더니 생활이 꽤 어려웠던 모양이더라고요. 충격이었죠."

우리도 다른 나라에서 살았으니까 미국, 음악가, 인터뷰가 무엇을 뜻하는지 대충 짐작이 간다.

"불합리한 일이 이것저것 많잖아요. 좋은 사람이 안 좋은 일을 겪거나 나쁜 사람이 위세를 부리거나. 어쩐지 그런 게 싫어요."

"그건 나도 싫네요" 하고 대답했을 때 에이전트 하루토가 통로 반대편에서 다가왔다.

"자, 갈까?" 하고 말했다.

"어디로?" 에이전트 혼다가 물었다.

"거대 호수 근처에 있는 적 조직의 구역으로. 이제는 적이 아니지만, 그쪽에 시설이 있으니까."

우리를 지독하게 괴롭혔던 그 군사시설을 앞으로는 기술과 지식을 평화롭게 이용하기 위한 연구소로 사용하기로 했다. 그것을 기념하여 행사가 열린다.

활약을 인정받아 에이전트 하루토는 조직 대표로 선출되어 인사말을 하게 되었다.

우리는 통로를 통해 건물 밖으로 나왔다. 매미 제트와 하루살이 비행기가 나열된 활주로가 앞에 펼쳐져 있다.

"자, 갈까요." 에이전트 혼다는 활기가 넘친다.

언제부터 동행하게 되었지? 나는 어처구니가 없었지만 에이전트 하루토가 신경 쓰지 않는 모양이니 나도 그러기

칠 년째

로 했다.

이나와시로 호수의 남자

"저 오브제 멋있네요." 쓰지모토 씨가 곤충 채집통 내용
물에서 시선을 돌리고 싶었는지 무대 뒤에 위치한 커다란
달마 오뚝이를 닮은 조각을 가리켰다. 높이는 5미터 정도되
어 보였다.

"박력이 있는데 귀여운 게 독특해요."

"저것은 여기 있는, 마쓰시마의 아이디어입니다." 가도쿠
라 과장님이 나를 보면서 말했다.

"정확히는 제 아내예요. 아내가 오키아가리코보시를 좋
아해서요. 원래는 아이즈 지방의 민예품인데 사백 년 정도
의 역사가 있다고 하더군요. 몇 번이나 다시 일어나는 끈기
도 있으면서 상냥한 겉모습이 좋답니다."

달마 오뚝이를 닮았지만 머리가 조금 뾰족하다.

넘어져도 일어납니다. 그러니 이처럼 귀사와 폐사의 관
계도 다시 협력할 기회를 얻을 수 없을까요?

문득 머릿속에 그런 말이 떠올랐지만 역시 속이 뻔히 보

이는 터라 쓰지모토 씨와 미야모토 씨가 난처해하는 모습
이 눈에 선해서 입 밖에 내지 않았다.

사람 마음은 그런 것으로 움직이지 않는다.

"그래서 어떻게 됐나요?" 미야모토 씨가 쓰지모토 씨에게
사죄 건을 확인했다.

"어떻게 되기는. 이분들께 지금 설명했어. 사죄하러 여기
까지 오셔서 죄송하지만, 우리로서는 같이 일을 할 이유가
없다고."

"아, 그렇습니까." 미야모토 씨는 쓰지모토 씨의 성격을
잘 알고 있는지 수긍하는 듯한 반응을 보였다.

"미야모토 씨는 어째서 저희 회사의 이 행사에 관심을 갖
게 되셨나요?" 나는 그저 궁금해서 물었다. 정확히는 궁금
하다기보다 대화가 끊기지 않도록 화제로 삼았을 뿐이다.

그러나 미야모토 씨의 입에서 나온 말은 예상과는 조금
달랐다.

"제 아들이, 태어났을 때부터 심장이 안 좋았거든요."

곤충 채집통을 든 소년은 떨어진 곳에서 땅에 나뭇가지
로 그림을 그리고 있었다.

어째서 그런 이야기를? 내가 당혹스러워하자 쓰지모토
씨도 '왜 그런 이야기를 하지?' 하고 당황하는 모습이었다.

"이식 수술이 필요했는데, 우리 아이 같은 경우에는 일본에서는 할 수 없었어요. 그래서 해외로 갈 수밖에 없었는데요, 막대한 금액이 필요했답니다. 그래서 기부금을 모집했었죠."

"아, 알아요." 가도쿠라 과장님이 고개를 끄덕였다. "텔레비전이나 인터넷에서 본 적이 있어요."

아. 어떤 사실이 번쩍였다. 이 이야기 어디에선가 들은 적이 있는데.

"다 모을 수 있을지 불안했어요. 세상에는 돈 때문에 힘들어하는 사람도 많은데, 내 아들만 도움을 받아도 괜찮은지 자기혐오에도 빠졌고요." 미야모토 씨는 당시의 고뇌를 담담하게 이야기했다.

"아내와 이야기해서 역시 모금을 그만두려고 했는데, 그때 입금이 됐더라고요."

"얼마가요?"

"1억 엔의 거금이요." 미야모토 씨는 가도쿠라 과장님을 똑바로 보고 있었다. 나도 옆에 있는 가도쿠라 과장님에게 시선을 돌렸다.

"세상에, 처음 듣는 이야기네!" 쓰지모토 씨가 놀란 목소리로 말했다.

"한 사람이 그렇게나?"

"네." 미야모토 씨가 고개를 끄덕였다.

"깜짝 놀랐고 무서웠어요. 무슨 일인가 했고 장난인가 생각도 했어요."

"어떻게 됐는데?" 쓰지모토 씨가 물었다.

"죄송하다고 생각하면서도 조사를 했습니다." 미야모토 씨가 대답했다.

"기부자 이름은 적혀 있었어요. 나머지는 업자가 열심히 조사해주셨죠. 그다지 대놓고는 말 못 하지만 법에 어긋나지 않을 정도로 아슬아슬한 수단까지 썼을지도 몰라요. 어쨌든 돈을 보내온 은행을 알아냈어요. 내부 사정을 아는 사람에게 물어서 복권 1억 엔에 당첨된 사람이 그 자리에서 기부했다는 사실을 알아냈어요."

"무슨 말이야? 당첨된 1억 엔을 전부 기부했다고? 그럴 수가 있어? 아는 사람이야?"

"전혀 몰라요. 얼굴도 모르는 우리 아이를 위해서 망설이지도 않았대요."

나는 몇 번이나 가도쿠라 과장님에게 눈짓했다.

아무리 들어도 가도쿠라 과장님 이야기가 아닌가.

"그래서 이 이야기가 왜?" 쓰지모토 씨가 미야모토 씨에

칠 년째

게 물었다. 도대체 무슨 관계가 있는지.

"덕분에 우리 아들은 저렇게 움직일 수 있게 됐어요." 미야모토 씨는 쓰지모토 씨가 아니라 가도쿠라 과장님에게 전하고 있었다.

나도 떨어진 곳에 있는 소년의 등을 바라보았다. 미야모토 씨는 가도쿠라 과장님이 1억 엔을 기부한 인물이라고 알아낸 것이겠지. 그 일도 있어서 이 행사에 관심을 가지게 된 것이 아닐까. 오늘도 사죄하러 오는 가도쿠라 과장님을 만나는 것을, 그리고 아들의 모습을 보이는 것을 기대하고 있었을지도 모른다.

"정말 잘됐네요." 가도쿠라 과장님은 미소 지으며 말했다.

"하지만."

"하지만?" 미야모토 씨가 되물었다.

"하지만 돈이 많고 적음에 관계없이 그런 기부를 한 사람들은 정말로 행복해졌으면 좋겠어요." 가도쿠라 과장님은 진지하게 말한 뒤 변명하듯이 말을 이었다.

"아, 아까 그런 노래가 나와서요."

"죄송합니다. 잠시만요." 그다지 문제가 되는 발언은 아니었지만 나는 정말로 애가 타서 작전회의를 하는 마음으로 쓰지모토 씨와 미야모토 씨에게 양해를 구하고 가도쿠라 과장님을 끌고 조금 떨어진 곳으로 자리를 옮겼다.

"왜 그러는데?"

가도쿠라 과장님이 느긋하게 묻기에 "어째서 말씀 안 하세요? 미야모토 씨도 알고 있을 거라고요. 비밀로 해야 할 이유라도 있어요?" 하고 조금 날카로운 말투가 나왔다.

"뭐?" 가도쿠라 과장님은 어리둥절해했다.

"말하다니, 뭘?"

"복권 1억 엔을 기부한 이야기요. 그거 가도쿠라 과장님이죠? 어째서 말씀 안 하세요? 잊어버린 건 아니죠?"

"물론 기억하지. 하지만."

"하지만?"

"나만 그랬을 리 없잖아. 다른 사람도 있을지도 모른다고 생각하며 들었는데."

"없어요!" 나는 강하게 되받아쳤는데 가도쿠라 과장님은 전혀 개의치 않고 "그런가" 하면서 고개를 갸웃거렸다. "게다가 누가 보냈는지 조사하는 건 아마 불가능할 거야. 그냥 아무렇게나 말하는 거 아닐까?"

이 사람 도대체 뭐야. 나는 너무 어이가 없어서 오히려 화가 났다. 지나치게 둔감한 것인가. 아니, 자기 마음이 엄청나게 넓으면, 다들 그럴 것이라고 여기고 둔감해지나.

힐끗 눈길을 주니 미야모토 씨가 쓰지모토 씨와 이야기를 하고 있고 거기에 곤충 채집통 소년이 다가가고 있었다.

"늦었어."

목소리가 들려서 돌아보니 아내가 서 있었다. 내 본가에 들르기로 했는데, 그 전에 여기에서 만나기로 했다.

"아, 덴노 씨. 일부러 멀리까지 미안하네."

"가도쿠라 과장님도 멀리까지 오셨잖아요."

가도쿠라 과장님은 쓰지모토 씨와 미야모토 씨 쪽으로 돌아가 아내를 소개했다. "저 오브제의 발안자입니다."

"아, 네." 그렇게 말하는 쓰지모토 씨의 표정은 아까보다 밝아진 듯 보였다. 그리고 얼추 인사와 소개를 하고 미야모토 씨가 "이쪽이" 하고 곤충 채집통에 있는 투구벌레까지 소개해서 아내가 작게 비명을 지르자 다른 사람들이 동정하듯 웃었다. 나쁜 짓은 하지 않는데 이렇게까지 미움받는 곤충이 불쌍해졌다.

"경치 정말 좋네요." 가도쿠라 과장님이 호수를 바라보면서 불쑥 말했다. 나도 고개를 들었다. 거울 같은 수면과 하늘이 펼쳐져 있고 그 넓은 하늘이 내 마음도 부풀린다. 으스대지 않고 뽐내지 않으면서 그저 그곳에 있을 뿐인데 보는 우리의 마음을 맑아지게 한다.

좋은 별이잖아 좋은 별이야

노래가 들렸다.

"이 세상은 불안한 것뿐이지만." 아내도 나처럼 호수를 바라보고 있다.

좋은 별이잖아. 가끔 그런 생각을 해도 괜찮지 않을까.

임무가 있는 소년

상상보다 행사 규모가 크고 예상보다 환영받았다. 생각보다 다들 분쟁을 멈추고 싶어했는지도 모른다.

야외 행사장에 사람이 가득 모여 있었다. 처음에는 이쪽 본부에서 온 사람과 저쪽, 적대 조직의 사람을 구역별로 나누어 놓았는데 누군가가 그렇게 할 필요가 없다고 깨닫고 하나로 통일했다.

"하루토 대표 멋있네요." 에이전트 혼다가 말했다.

나무로 만든 무대에 에이전트 하루토가 섰을 때였다. '대표'로서 인사를 한다.

옆에서 그 모습을 바라보았다. 많은 사람이 군사적 반목이 끝난 것을 기뻐했는데 적지만 불만을 품고 있는 사람도 있으리라. 어떤 단체든 반대 세력은 존재하기에 우리가 위험한 일이 일어났을 때 대처하는 임무를 맡았다.

"조금 전에 만났던 친구들 일은 이제 괜찮아?" 에이전트 혼다는 말 안 하고 있지를 못하나.

"친구?"

"여기에 도착했을 때 다가왔잖아. 몇 명인가. 옛 친구들이라고."

"친구 아니야." 육 년 전 내가 여기서 도망친 이유는 그들과 아버지의 폭력을 견딜 수 없었기 때문이다. 그 결전의 날, 그들은 내가 활약하는 모습을 보고 나서 적대하면 안 되겠다고 생각했으리라. 그래서 갑자기 친하게 지내기로 한 것이 틀림없다. 이 얼마나 비겁한 녀석들인지……. 한숨을 쉬었다.

에이전트 혼다도 내 반응을 보고 어떤 관계인지 알아챘는지, 이번에는 "복수할 거면 도와줄게"라고 흉흉한 말을 해서 우스웠다.

"복수도 귀찮아." 본심이다.

"어디서든 잘 살고 있으면. 나보다 행복해지지 않으면 그걸로 만족이야."

"다정한지 무서운지 모르겠네." 에이전트 혼다가 유쾌하다는 듯 말했다.

에이전트 하루토의 인사말이 시작되었다.

"여러분, 많은 일이 있었습니다만." 에이전트 하루토는 조금 전까지 내키지 않는다고 한 것이 무색하게 당당하게 말했다.

새로운 시작의 상징으로도 잘 어울린다. 도대체 무슨 말을 할까. 기대도 있지만, 동시에 시시한 말을 길게 늘어놓아서 주위가 지루해하는 모습이 상상되어 걱정도 됐다.

기우였다.

"드디어 안정됐습니다. 앞으로 좀 더 잘 지냅시다! 이상!"

에이전트 하루토는 그렇게 말하고 오른손을 하늘로 높이 올렸다.

벌써 인사가 끝났나? 그 자리에 있던 사람들은 조금 어리둥절해하더니 한 박자 늦게 다들 커다란 함성을 내질렀다.

그 후 무대 위에 다른 남자가 나타났다. 갑작스러운 난입자인가? 나는 초조해져서 뛰어 올라가려고 했지만 에이전트 하루토가 당황하지 않고 환영하면서 중앙으로 부르는 모습을 보고 예정된 흐름이라는 것을 깨달았다.

어딘가에서 본 적이 있는 남자다.

생각하다가 깜짝 놀랐다. 나와 에이전트 하루토가 본부

에서 도망쳤을 때 도착한 땅에서 만난 남자다. '다른 나라'에서 왔다고 하면서 이국의 문에 관해 가르쳐준 남자다.

"기타다." 나는 말했다. 그가 어깨에 메고 있는 악기는 다른 나라에서 살 때 본 적이 있었다.

"저거 내가 가지고 왔어." 에이전트 혼다가 의기양양하게 말했다.

"뭐?"

"우연히 짐을 잔뜩 들고 있을 때 이쪽으로 왔거든."

그렇다. 에이전트 혼다도 다른 나라에서 왔다. 어떤 방법으로 이쪽에 왔는지 물어보려고 했는데 그때 커다란 소리가 났다.

깜짝 놀라 순간 뛰어 올라갈 뻔했다.

남자가 기타를 연주했다. 경쾌하면서도 힘차게 울려서 나와 많은 사람을 흥분시켰다.

서 있을 뿐인데 몸이 들썩이고 마음이 장단을 맞추듯 신바람이 났다. 기분 좋은 멜로디가 우리를 감쌌다.

남자가 노래를 시작했다. 무슨 말인지 알 수 없는 부분도 있지만 여하튼 '이것으로 된 거야'라는 생각이 넘쳐흐르게 하는 신비한 힘이 있었다.

드디어 해피 드디어 해피 드디어 해피 / 아주 해피 OK / 드디어

해피 드디어 해피 놓치지 않을 거야

그 자리에 있던 모두의 마음이 똑같은 모양으로 포개졌다고 나는 느꼈다.

갖가지 큰일이 있었고 개개인의 힘으로는 아무것도 할 수 없는 일도 많았지만 드디어 행복해진다, 놓치지 않을 거야. 다들 그렇게 생각하고 있었다.

노래가 끝날 무렵, 회장 구석에서 몇 사람이 일어나 손수레를 사용하여 무언가를 옮겨왔다. 흘낏 보니 이 근처의 시설에서 연구 개발된 병기 같아서 또다시 소름이 끼쳤다. 그러나 무대 위에 나타난 행사 진행자의 설명을 듣고 가슴을 쓸어내렸다.

"원래는 군사 목적으로 개발됐지만 이제는 사람들을 즐겁게 하기 위해 쓰기로 했습니다."

이나와시로 호수의 남자

"저 사람은, 배우인." 쓰지모토 씨가 먼 곳을 가리켰다. 한 남성이 무대를 향해 걸어가고 있었다. 티셔츠에 청바지 차림으로 몸집이 작았지만 일반인과는 확실히 분위기가 달랐다. 개인적인 용무로 불쑥 나타난 것으로도, 일 때문에 온 것으로도 보인다.

아내가 그 삼십 대 배우의 이름을 언급하고 "팬이었지?" 하고 나를 보기에 나는 수긍했다. 거짓말은 아니다.

"요즘 여기저기에서 많이 나오더라고요." 미야모토 씨가 말해서 우리는 다들 동의했다. 아직 젊은데도 해외 영화와 드라마에도 출연한다.

"부인이 아주 멋지다고 소문이 자자해요."

"그런가요." 아내가 관심 있다는 듯 말했다.

"영어도 잘하고 성격도 좋아서 그 덕에 해외 프로듀서와도 꽤 친해졌다고 들었어요."

그랬나. 나는 내 일처럼 기뻤다. 그 '부인'이라는 사람을 알기 때문이다. 몇 년인가 전에 일 관계로 만난 적이 있는데, 그때 내가 무례한 말을 했다. 요즘도 가끔 떠올리고 자기혐오에 빠지지만, 그 여성이 결혼한 사람이 지금 저기에 있는 배우일 거라 짐작하고 있다. 확증은 없지만 아마도 틀림없을 거라고.

역시, 대단한 사람이었구나. 나는 기뻤지만 이야기가 복잡해질 것 같아서 언급하지 않았다.

우리 머리 위, 꽤 높은 곳에 떠 있는 드론이 천천히 움직이는 모습이 보였다.

잠시 우리는 그 자리에 서서 이야기했다. 이야기는 조금 전 본 배우에서 영화로 옮겨가서 사소한 계기로 가도쿠라 과장님과 쓰지모토 씨와 아내가 제일 좋아하는 영화감독이 같은 사람이라는 것을 알게 되었다. 우리 회사 상무도 사죄도 내년 행사도 잊고 그저 오로지 같은 것을 좋아하는 사람끼리 대화하는 즐거운 시간이 이어졌다.

공통점은 사람과의 사이를 더욱 가깝게 만든다. 새삼스레 느꼈다.

미야모토 씨의 아들이 풀숲에서 주운 비행기 장난감을 날리는 모습이 보였다.

소년이 날린 비행기는 바람을 탔는지 호수로 똑바로 향했다. 전혀 떨어질 것 같지 않았고 계속 날고 있어서 우리는 시선의 실이 비행기와 이어져 있는 듯 그 행방을 계속 바라보았다.

어디에선가 해피, 라고 말하는 목소리가 들렸다.

드디어 해피 드디어 해피

노랫소리 같은데 어디에서 들리는지는 확실하지 않고 환청 같기도 했다.

드디어 해피. 그런 생각을 할 날이 언젠가는.

칠 년째

내가 그렇게 생각한 직후였다. 어디에선가 위험해! 피해, 피해! 하고 큰 소리가 들렸다. 이번에는 환청이 아니다. 주위 사람이 다들 분주했다. 무슨 일인가 했더니 무대 쪽에서 스태프 같은 사람이 필사적으로 달려온다. 위를 가리키며 "비켜!" 하고 목청 터져라 외쳤다.

뭐? 위를 보니 드론이 있었다. 공중 유영 상태인지 둥실 둥실 공중을 해파리처럼 떠돌고 있어서, 저게 왜? 하고 멍하니 바라보며 생각했다. '혹시 떨어지고 있나?'

드론이 떨어지고 있다.

나는 즉시 옆에 있는 아내를 억지로 앉히고 그녀를 감싸는 것밖에 할 수 없었다. 다른 사람들까지 생각할 틈이 없었다. 제발 무사하기를 바랐다.

등에 부딪히면 얼마나 아플까, 몸은 무사할까, 머리로 떨어지면 어떻게 될까. 갖가지 생각이 머리를 스쳤다.

위에서 쿵, 하고 둔탁한 소리가 났다. 멀리서 누가 비명을 질렀을지도 모른다. 그 후 잠시 잠잠해졌는데 나는 여전히 아내를 감싼 채였다. 저쪽에서 물건 떨어지는 소리가 들렸다. 겨우 몸을 일으킬 수가 있었다.

도대체 무슨 일이.

달려온 사람들이 쭈그려 앉아 있는 우리를 일으키며 "드론 AI가 고장 나서 컨트롤이 안 됐어요" 하고 설명해주었다.

"부딪히지 않아서 정말 다행이에요."

"바로 위에서 떨어지는 것 같았는데요." 쓰지모토 씨도 어떤 사태인지 알 수 없었는지 혼란스러운 말투였다.

"갑자기 날아갔어요." 스태프가 말했다. "아래에서 날아온 무언가에 맞은 것처럼요. 덕분에 다른 장소에 떨어졌어요."

"저, 봤어요." 미야모토 씨의 아들이 그렇게 말했다. "아래에서 곤충이 펄쩍 뛰어올랐어요. 작은 곤충. 아마도 이거랑 같은 거요."

곤충 채집통을 들어 안에 있는 투구벌레를 가리키기에 스태프가 들여다보고 비명을 질렀다.

투구벌레가 뛰어올라 드론과 충돌했다는 것은 아무래도 받아들이기 어려운 일이라서 나는 물론이고 다른 어른들도 그저 웃을 수밖에 없었다.

"정말이에요. 쿵 부딪혀서 곤충은 그대로 멀리 날아갔어요."

그런 튼튼한 곤충이 있다면 오히려 그게 더 무섭다고 나는 말했다.

칠 년째

임무가 있는 소년

손수레에서 내린 중형 곤충은 긴 뒷다리를 접은 채 얌전히 있다가, 무대 위에 있는 진행자의 신호와 동시에 놀랄 만한 속도로 공중으로 튀어 올랐다.

개량하면서 도약력도 몸의 단단함도 몇십 배에서 몇백 배로 증가되었다고 발표했다. 그야말로 총탄 같다.

어느새 이미 그 자리에서 사라졌다.

본래는 무시무시한 도약력으로 공중으로 뛰어오른 그 곤충이 다시 착지하는 모습을 여흥으로 보이려고 했던 모양이다. 그러나 중형 곤충은 돌아오지 않았다.

높이 튀어 오른 상공에서 무언가 예상치 못한 일이 있었는지 진행자도 기술자들도 허둥거렸지만, 결국 그 시나리오대로 되지 않은 것을 다들 기뻐하고 커다란 함성을 질렀다.

에이전트 하루토도 손뼉을 치며 기뻐했다.

일 년 전, 여기에 돌아오기 전에 살던 곳에서 있던 일, 다른 나라에서 있던 일을 떠올렸다. 그곳에서 알게 된 CEO와 우리 방송을 서포트해준 사람들, 말을 걸어준 시청자들, 그들은 지금 행복하게 살고 있을까.

그런 생각이 들었을 때, 행복하게 사는 것은 뭐지? 하고

스스로에게 물었다. 행복하게 사는 일이 가능할까. 너무나
도 어렵다.

적어도 지금 그들이 웃고 있다면.

그리고 언젠가 다시 만날 날까지 적어도 적어도 그 풍경을 이어
가자

멋진 별이잖아. 그 말이 문득 머리에 떠올랐다.

덤, 칠 년째 반년 후

겨울에 이나와시로 호수에 온 것은 꽤 오랜만이다. 여름 과 가을과는 정취가 다르고 호수에 모여드는 백조, 멀리서 이쪽을 바라보는 반다이 산에 쌓인 눈, 그런 하얀색이 하늘 과 호수의 푸른색을 두드러지게 만들었다.

아내와 3박 4일 동안 여행을 하면서 본가에 들른 참에 이 나와시로 호수로 발길을 옮겼다.

여름의 호수와 산은 여러 사람과 떠들썩하게 노는 것을 좋아하는 대범한 인물처럼 보이지만 겨울에 오니 같은 장 소인데도 호수도 산도 내 이야기를 듣기 위해서 그곳에 있 는 듯한, 말수가 적은 연장자처럼 느껴졌다.

햇살이 있어서 그런지 그늘에는 눈이 녹지 않고 남아 있 어도 호숫가 대부분에서는 흙이 보였다.

"역시 바람이 차네." 옆에 있는 아내가 말했다. 둘 다 오리

털 패딩을 입고 있지만 얼굴과 손처럼 드러난 부분은 확실히 춥다.

"그러고 보니 어렸을 때 바람이 어디에서 불어오는지 궁금했던 적이 있어" 하고 말했다. "지구는 둥그니까 어디에서 불어오는지 수수께끼라서."

"그러네." 아내는 관심이 있는지 없는지, 아마도 없겠지만 그렇게 대답했다.

"어딘가 먼, 바다 저편에서 거인 같은 존재가 숨을 후후 부는 모습을 상상한 적도 있어."

"재채기나 기침일지도."

코가 간질간질하더니 재채기가 나왔다.

에이전트 오하라에게 침이 튈 것 같아서 순간적으로 얼굴을 숙이고 지면을 향해 에취, 에취 재채기를 연발했다.

"그런데 정말로 여기와 다른 세계가 있어?" 에이전트 오하라가 느릿한 말투로 물었다.

"있어요." 내가 대답했다. 몇 번이나 설명했는데도 좀처럼 믿지 않는다.

"거기는 거기대로 힘들 것 같아?"

"뭐, 그렇죠." 나는 수긍했다. 어디를 가든 어디에서 살든

뎜, 칠 년째 반년 후

그곳이 자신에게는 등신대等身大의 세상으로, 어느 곳이든 고민과 고생이 있다는 것을 깨달았다.

나무 사이로 저편의 하늘이 보인다.

"멀다니 뭐가?" 에이전트 오하라가 물어서 내가 "멀구나" 하고 감탄을 입 밖으로 냈다는 사실이 알아챘다.

"저쪽에 있을 때는 하늘이 좀 더 가깝게 보였어요. 같은 하늘이겠지만 지금보다 훨씬 가까워요."

"손에 닿을 것처럼?"

"아무래도 그렇게까지는. 그저 지금이 구름도 산도 훨씬 멀어요."

"하늘이 먼 건 나도 알아."

"그렇지만 좀 달라요."

"뭐, 그렇지." 에이전트 오하라는 느긋하게 말했다. "저쪽 세계에 가면 저쪽의 척도가 있고 이쪽에 오면 이쪽의 척도가 있지."

"사물의 가치는 사람마다 다르다는 말인가요?" 기준을 '척도'라고 말하는 사람은 요즘 별로 없다고 말하고 싶었다.

"같은 사람이라도 옛날과 지금은 척도가 다르니까."

거대한 하얀 새가 세로 대형을 만들어 천천히 내려오는 모습이 아득히 멀리서 보였다.

코가 간질간질하다. 또 아래를 보고 입과 코에서 세차게 숨을 내뿜었다. 두 번, 세 번, 에취, 에취, 연달아 나왔다.

그는 멀고 먼 곳의 높고 높은 탑에 유폐된 그녀를 구출하는 데 성공했다. 거기까지는 좋았다. 준비해둔 날개미에 올라타 적지를 빠져나왔다. 거기까지도 잘 풀렸다. 앞에 앉아 있는 그녀가 "고마워요. 구하러 와줄 거라 믿었어요"라고 말했다. 그것도 좋았다.

그러나 뒤에서 쫓아온 추적자들, 역시 날개미를 타고 온 군대였는데, 여하튼 잇달아 화살을 쏘아 그 한 대가 이쪽 날개미의 날개를 찢었다. 그 부분부터 좋지 않았다.

낙하하여 불시착했다. 다행히 풀잎이 완충재가 되어주어서 다치지는 않았지만 그 이후로 두 사람은 걸어야만 했다.

이윽고 개미를 탄 추적자들이 지면을 뛰어오는 모습이 보였다. 이제 다 틀렸다, 여기까지인가. 그는 눈을 감고 그녀를 꼭 껴안았다.

돌풍이 불었다. 옆에서 불어온 바람이 아니라 추적자 집단 바로 위에서 불었다. 한 번이 아니라 두 번, 세 번 이어졌다. 에취, 에취, 하고 격심하게 울려서 추적자들이 그 위세에 날려갔다.

덤, 칠 년째 반년 후

무슨 일이 일어났는지 전혀 짐작이 가지 않았지만 그는 이 기회를 놓치면 안 된다고 판단하고, 그녀를 끌고 가까이에 있는 날개미에 올라타고 도망쳤다.

그 후로는 계속 좋았다.

호수에서 주차장으로 오는 동안에도 강한 바람이 몇 번이나 우리를 덮쳤다. 솔숲을 빠져나와 걷는데 아내가 위를 바라보며 "어?" 하고 말했다.

이끌려 나도 얼굴을 드니 눈덩이 같은 것이 떠 있었다. 나무들도 없고 하늘과 우리 사이에 눈이 쌓인 장소가 없는데도 하늘에 떠 있다.

커다란 종이 상자 하나 정도 크기인가, 생각하는데 내 쪽으로 떨어진다. 나는 꼼짝 못 하고 멀거니 서 있었다.

그러나 눈은 도중에 사라졌다. 손이, 물론 그런 손이 있다면 경트럭과 비슷한 크기일 텐데, 어쨌든 특대 사이즈의 손이 옆에서 눈을 쳐 내는 듯 보였다. 아내가 눈을 의심하듯 깜빡깜빡거렸다.

나는 잠시 하늘과 땅을 연이어 번갈아보았다.

2015년, 이나와시로 호수 행사장에서 음악 예술 행사 '오하라☆브레이크'를 개최하기로 했을 때 단편 소설을 써달라는 의뢰를 받았다. 그 소설을 소책자로 만들어 행사장을 찾은 사람에게 나누어주고 싶다고 했다. 이 행사를 기획한 스가 마사요시 씨의 마음에 공감했기 때문에 받아들이기로 했다. 솔직히 말하면 처음에는 '행사장에 온 사람들에게 나누어주는 책이니 자신들이 찾아온 호수가 소설의 무대가 된다면 그것만으로도 읽는 맛이 있을 테니 그다지 내용에 공들이지 않아도 괜찮을지도 몰라'라고 조금 쉽게 생각했다. 가볍게 읽을 수 있는 것을 가볍게 쓰면 되지 않을까 싶었다.

그래서 평상시보다 꽤 짧게, 과거의 내 작품에서 쓴 적이 있는 아이디어를 응용하여 이나와시로 호수를 무대로 한

동화 같은 소설을 써보았다. 그것이 이 책의 '일 년째'이다. 그런데 스가 씨가 "매년 개최하려고 합니다"라고 말을 꺼내는 것이 아닌가.

그렇다면 다음 해의 소설도 내용이 이어지는 편이 재미있을 것이고 모처럼 일 년에 한 번 열리는 행사인 만큼 주인공들도 똑같이 나이를 먹으면 더 재미있으리라고 생각해서 결국 '가볍게 읽을거리를 가볍게 쓴다'는 마음은 사라지고 의도한 것에서 멀어진 듯했다.

결과적으로 '이나와시로 호수의 기지에 침입하여 트러블에 말려드는 스파이'와 '갓 취업한 신입사원'의 이야기를 7년 동안, 매년 한 편씩 썼다. 올해는 어떻게 할까 상상하며 신선한 즐거움을 느꼈다.

또한 '오하라☆브레이크'는 음악 행사인 만큼 내가 좋아하는 밴드와 뮤지션에 관련된 소설을 쓰고 싶어서 더 피즈 The Pees와 토모프스키TOMOVSKY의 곡을 매번 소재로 사용하기로 했다. '오하라☆브레이크'에 온 사람들이 읽어줄 테니 나의 취미와 취향을 정면으로 들이밀어도 화내지 않을 것이라는 생각도 있었다. 스가 씨가 나누어주는 소책자 표지에는 토모프스키 씨가 그린 일러스트를 넣고 싶다고 말해서 기뻤다.

그 후로 매년 봄 무렵이 되면 '올해는 어떤 곡으로 할까' 고민하고 스가 씨의 희망곡을 묻기도 하고 가끔은 토모프스키 씨 본인에게 상담하기도 하면서 고른 곡에서 발상을 넓혀가면서 소설을 연이어 완성해갔다.

이야기마다 매번 노랫말을 인용했는데 적극적으로도 소극적으로도 생각되는 표현에 새삼스레 놀랐다. 또한 장래가 불투명하게 여겨질 때, 기분이 우울해질 때 이런 곡이 있어서 다행이라고 절실히 느꼈다. 꽤 예전 노래인데도 요즘 시대에 딱 맞는 보편성도 있음을 깨달았다. 나는 도저히 생각할 수 없는 단어의 조합이어서 나 자신의 문장이라는 오해를 살까 봐 가사 부분은 서체를 바꾸었다.

앞에서 적었듯 처음에는 행사장을 찾은 사람만 은밀하게 즐기는 것을 가정하고 만든 소설이지만, 사 년째 즈음에 책 한 권으로 묶어도 좋을 것 같았다. 과정과 취향은 평소 작품과 조금 다르지만, 옛날이야기와 회사원 소설이 섞인 듯한 이야기가 마음에 들었고 한 권으로 모아서 읽는다면 또 다른 재미가 있을지도 모른다는 생각에, 칠 년에 걸쳐 이 책을 완성했다.

이나와시로 호수에 온 적이 있는 사람은 기억 속의 그 풍

저자 후기

경을, 가보지 않은 사람은 아름다운 호수를 어렴풋이 상상
하면서 읽어준다면 기쁘겠다.

PLAYLIST

〈일 년째〉 오하라☆브레이크 '15 여름
「글라이더」 더 피즈

〈이 년째〉 오하라☆브레이크 '16 여름
「여름 기념일」 더 피즈
「스펀지맨」 TOMOVSKY

〈삼 년째〉 오하라☆브레이크 '17 여름
「패배자」 더 피즈

〈사 년째〉 오하라☆브레이크 '18 여름
「그 두 개 이외에는」 TOMOVSKY
「작전회의」 TOMOVSKY

〈오 년째〉 오하라☆브레이크 '19 여름
「날이 저물어도 그녀와 걸었다」 더 피즈
「전부 미루기」 더 피즈
「이국의 문」 더 피즈

〈육 년째〉 오하라☆브레이크 '20 가을
「훌륭한 부유령」 TOMOVSKY
「짧은 여름이 끝났다」 더 피즈
「이대로 있자」 더 피즈

〈칠 년째〉 오하라☆브레이크 '21 가을 mini
「희망의 별」 TOMOVSKY
「움직여라 마음」 TOMOVSKY
「좋은 별이잖아」 TOMOVSKY
「드디어 해피」 더 피즈

이나와시로 호수에서
다시 만나는 이야기

이십오 년 후의 남자

회사에서 부하들은 잘 살피고 있지?

아내가 말했다. 물론 농담인 줄 알면서도 "아마도" 하고 대답을 얼버무리게 된다.

회사에서 그다지 눈에 띄게 활약한 적도 믿음직스럽게 행동한 적도 없는데 어느새 부장 직함을 달고 부하 직원을 거느리고 있다. 그렇지만 예전과는 달리 오십 대 중반 '관리직'이라도 그것은 이름뿐이고, 젊은 사원과 함께 기획 발안에 힘쓰는 일개 사원에 지나지 않는다. 초등학생 시절의 회장과 비슷하다.

"업무의 기본은 부하에게 '보고', '연락', '상담'을 하라고 시키는 것이 아니라 '보고', '연락', '상담'을 하기 쉬운 환경을 만드는 것이라는 가르침에 잘 따르려고 하는데."

"누가 가르쳐줬어?"

"가도쿠라 씨. 어떤 자기계발서에서 읽었대."

"아, 의외로 출세한 가도쿠라 씨." 아내는 함박웃음을 지으며 물었다. "지금은 뭐 하신대?"

"소문으로는 금붕어를 많이 키우고 계시다던데."

"그렇구나." 아내는 관심이 있는지 없는지 애매모호하게 대답했다.

삼십 년쯤 전에 가도쿠라 씨와 이벤트의 예비조사를 하러 왔던 때의 기억이 거실 저편, 도로 건너 맞은편에 보이는 이나와시로 호수에서 바람을 타고 날아오는 듯했다. 그립다.

갑자기 결정된 듯 국가에서 강행한 수도 기능 분산화로 십 년 전에 회사의 본사 기능이 도호쿠 지역으로 이전했다. 그것을 계기로 우리는 고리야마의 이나와시로 호수 근처의 신축 단독주택을 샀고 이후 여기서 살고 있다.

언제든지 이나와시로 호수로 산책하러 나갈 수 있는 점이 매력적이다.

같은 회사에서 근무했던 아내는, 오 년 전 일손 부족으로 허덕이던 거래처 회사가 "우리 좀 도와주십시오"라고 한 제안을 받아들이고 이직하여 정말로 그쪽 회사를 돕고 있다.

회사에서 부하들은 잘 살피고 있지?

그런 말을 한 데는 이유가 있다. 스물세 살이 되는 외동 딸, 가호가 아침부터 표정이 심각한데도 내가 전혀 눈치채지 못했기 때문이다.

"아무 일 없는 줄 알았어."

"말도 안 돼. 퍼렇게 질려서 아까부터 왔다 갔다 하고 있잖아. 인터넷으로 무언가를 검색하기도 하고."

"그랬어?" 나는 깜짝 놀랐다. 가도쿠라 씨, 보고, 연락, 상담을 하기 쉬운 환경을 만들지 못했습니다.

2층에서 움직이는 발소리가 들렸다. 그 소리를 눈으로 좇는데 가호가 아래층에 나타났다. 시계를 보았다. 아직 오전 11시. 휴일의 점심시간이라기에는 조금 이르다.

힐끗힐끗 가호를 보며 고민하는 표정인지 살폈다.

가호는 내 시선을 느꼈는지 악령을 퇴치하는 듯한 얼굴로 나를 보며 식탁으로 다가와 물었다.

"아빠, 내 태블릿 만졌지?"

"뭐?" 생각지도 못한 말에 나는 얼빠진 대답을 하고 말았다. "태블릿이라면……."

"내 방에 있는 거. 아침에 일에 관련된 자료를 보려고 했더니 켜지지 않아. 항상 얼굴인식으로 켰는데."

이나와시로 호수에서 다시 만나는 이야기

아, 그런 일이었나. 나는 안도했다. 표정에 나타난 모양이다. 가호는 다짜고짜 험악한 목소리로 말했다.

"엄청난 문제라고. 내 방에 들어와 태블릿 만졌지? 잠금 방식을 바꾼 거 아니야?"

나는 오른손을 좌우로 크게 저었다. 정말로 기억이 없다. 누명을 썼다는 생각에 필사적이었다.

지휘하는 예전 소년

"여기는 예전에 적 시설이었던 곳이죠?" 레이크가 옆에서 말했다.

"그래." 나는 대답했다. "네 아버지가 분쟁을 종결시켰지."

"아버지 힘만은 아니지요." 에이전트 하루토의 얼굴이 어렴풋이 보이는 레이크와 함께 있으면 언제나 시간을 거슬러 올라간 것 같다. 아직 어렸던 나를 구해준 시절보다 더 젊었을 때의 에이전트 하루토 모습을 옆에서 바라보는 듯하기 때문이다.

"아버지는 건강하시지?"

"너무 빨리 은퇴한 것 같아요. 매일 시간이 남아돌아서 오하라 아저씨와 개미 장기를 두고 있다니깐요."

에이전트 하루토는 몇 년 전에 갑자기 "내가 이것저것 지시를 하지 않아도 앞으로는 네가 잘하겠지"라고 말하더니 '대표' 자리에서 물러났다. 그뿐 아니라 영토와 사람들을 통솔하는 조직의 일 자체에서도 손을 뗐다.

"나이 든 사람이 그리는 미래는 뻔해. 미래를 위해 일하려면 미래가 있는 사람 쪽이 나아." 그렇게 말하며 나를 '대표'에 추천했다.

레이크와 나란히 통로를 나아가니 교통수단 관리 공간이 나왔다. 불꽃이 튀는 소리와 함께 각종 기기가 움직이고 있다. 마취로 잠든 매미와 하루살이가 누워 있고 수리 기사들이 그 주위를 둘러싸고 있다. 십 년 정도 전부터 이동수단으로 사용하는 곤충들의 취급에 관한 목소리가 높아졌고, 그 이후 가능한 한 관리를 하게 되었다.

"옛날에는 저 교통수단도 군사 목적이었죠?"

"그랬지. 파괴 공격에 사용하는 걸 본 적은 거의 없지만. 지금도 예전에도 기본적으로는 이동수단이야."

누군가가 흥얼거리는지 실내에 노래가 울려 퍼졌다.

소원…… / 일부러 보고할 정도로 좋지도 않고 나쁘지도 않아 / 어중간하게 끌어서 사이만 멀어져

이쪽의 기분이 좋아도 저쪽은 그렇지 않을지도 / 이상한 배려로 응어리가 맺히고 타이밍을 놓치네

어쩌다 보니 기회를 놓치고 서먹해진 상황을 노래하고 있는데 알쏭달쏭하다.

귓가에 맴도는 멜로디가 예전에 나와 에이전트 하루토가 살던, 여기와는 다른 세계를 떠오르게 했다.

미지의 세계에서 아무것도 모르고 길거리를 헤매던 우리에게 살 곳과 일거리를 주었던 사람. CEO라고 불렸던 그가 생각났다. 온화한 그는 연하인 나도 대등하게 대해주었다. 그쪽과 이쪽은 나이를 세는 방법이 다를지도 모르지만, 지금 나는 당시의 그보다 나이가 많으리라. "돌아가는군요. 섭섭하네요." 그의 마지막 말이 떠올랐다.

정말로 소원해졌다.

그렇게 진심으로 신경을 써도 이제 그쪽에는 닿을 리가 없어

작업원 몇 명이 고개를 들더니 나를 알아보고 인사를 하기에 답인사를 했다.

예전부터 인사는 참 신기하다고 느꼈다. 필수는 아니지만 타인과 살아가기 위해서는 필요하다.

이쪽이 손을 흔들고 저쪽이 손을 흔든다. 그것만으로 의사소통까지는 아니더라도 교류가 된다.

"아, 여기예요." 바로 옆에 있는 작업 구역에 도착하자 레이크가 말했다.

"과연, 이건 심하네." 나는 올려다보았다.

천장이 무너져서 작업 구역 반 이상이 흙에 파묻혔다. 시설 중 지하에 만들어진 곳인데 지금은 햇볕이 들어오고 있다. 작업원들이 연신 왔다 갔다 하며 정리 중이다.

"원인은 알아?"

"나노 카메라가 설치되어 있었는데요." 레이크는 말하면서 앞쪽의 흙무더기를 가리켰다. 밑에 깔린 모양이다.

사고인지 사건인지, 자연재해 중 하나인지, 아니면 악의를 가진 누군가의 공격인지, 여러 가능성을 생각했다.

다시 분쟁이 시작되는 것은 싫다. 하지만 만일 위험이 다가오고 있다면 내가 정신을 바짝 차려야 한다.

이십오 년 후의 남자

가호의 태블릿은 잠긴 채 꿈적도 하지 않고 '얼굴인식으로 잠금을 열어주세요'라는 메시지만 뜰 뿐이다. 그래서 아까부터 하고 있잖아! 짜증이 날 정도다.

"가호의 얼굴이 달라졌나." 농담했더니 나를 노려보았다.

가호는 한숨을 쉬었다. "하, 어떻게 하지."

갑자기 바로 요전 날 들었던 명곡이 머릿속에서 흘렀다.

우울해지면 당하지 / 그래서 풀이 죽으면 더 속는다네 / 무서운 구조 하지만 진짜래

슬픈 만큼 강해질 거야 그 말은 전부 거짓말이었어 환상이었어

정신 상태가 몸에 영향을 준다, 우울하면 몸까지 안 좋아진다고 한탄하는 노래로, 정신건강의학과의 필요성을 경험과 직감에 따라 설명하는 듯했다.

슬픈 만큼 몸 상태가 망가진다는 말이다.

사교적이고 활발한 사람은 스트레스가 없으니까 몸 상태도 좋지만, 그 반대로 고지식한 사람은 몸도 안 좋아진다는 구조는 너무하다는 가사에 굉장히 공감한다.

"부정적으로는 생각하지 말자." 말해보았지만 여전히 딸의 얼굴은 험악했다.

"누군가가 태블릿을 만진 것 같아." 딸은 더욱 무시무시한 말을 입에 담았다. 방이 조금 어질러진 듯하다나.

"우선 상황을 정리해보자." 아내는 눈보라 치는 산장에서

일어난 연속 살인 사건 수사를 하는 명탐정처럼, 아마 전날 방송에서 그런 내용의 영화를 봐서 그런지 딸에게 질문을 하기 시작했다.

"태블릿은 언제 마지막으로 사용했어?"

"어젯밤에."

"얼굴인식 시스템에 문제는 없었던 거지?"

"문제없었어."

"카메라 부분이 고장 났다거나?"

"그건 잘 모르겠는데."

"그런데 얼굴인식이 안 돼도 다른 방법이 있지 않아? 잘 안 되는 사람은 이것으로, 라는 거."

"있지." 딸은 얼버무렸다. 명탐정이 추궁하자 "얼굴인식이 잘 안 되면 자신이 설정한 패스워드를 입력해서 잠금을 푸는데, 그 패스워드를 잊어버렸어"라고 말했다. 패스워드를 초기화하기 위해서는 이름과 생년월일이 필요한데, 글쎄 그것도 잊었다는 말에 내 목소리가 날카로워지고 말았다.

"그런 것까지 잊었다고?"

"개인정보를 입력하기가 꺼려져서 이름도 생년월일도 조금 바꿔서 입력했어."

그러고는 어떻게 바꾸었는지를 잊어버렸다고 한다.

"어제 아침부터 오늘 아침까지, 누군가가 태블릿을 만질 만한 시간이 있었어? 계속 방에 있었어?"

"응, 있었어."

"가호, 어제 밖에 나간 적 없지? 누군가가 방에 들어오면 바로 알았을 텐데."

"내가 화장실 갔을 때나 목욕할 때 아빠가 만진 거 아니야?"

딸이 꽤 진심으로 나를 수상하다고 여기는 것을 알고 오싹했다. "아무래도 그럴 리 없지. 동기가 없어."

"어제는 아빠도 나도 재택근무였으니까 거실에서 회사와 항시 연결되어 있었고 수상한 움직임은 없었어." 아내가 말했다. "게다가 가호 네 태블릿을 몰래 만졌다면 분명히 안절부절못하고 있을 테니 금방 들킬 거야."

"아, 그러네." 딸은 엄마 말에 순순히 동의했다.

"네가 방을 비웠던 적은 없어?"

"아." 그 질문에 가호는 무언가 떠오른 모양이다.

"있어."

"언제?"

"저녁때, 아빠랑 엄마가 장을 보러 나갔었잖아. 나만 집에 있다가 잠깐 나갔어. 그 왜, 엄마한테는 말했잖아. 갑자기 자동차 급브레이크 소리가 들렸다고."

"아이가 뛰쳐나왔다던가."

그 이야기는 뭐야. 또 나만 소외된 기분으로 딸과 아내의 얼굴을 번갈아보았다.

소외감과 나는 도움이 안 된다는 불안함에 속이 조금 따끔했다. 기분이 우울해지면 몸도 안 좋아진다. 좋은 일은 하나도 없다.

우울함이 또 다른 우울을 만들다니 / 못 해 먹겠네 / 하지만 할 거야

맞아, 그래도 해야 한다.

지휘하는 예전 소년

잠시 작업 구역에서 보이는 하늘을 올려다보았다.

"어느 정도 복구되었는데 오늘 아침에 또 무너졌대요."
레이크가 말했다.

"도대체 누가." 나는 그렇게 말했지만 '누구'라고 지명할 수 있는 범인은 없을 것 같다. 천재지변에 가까운 어떤 현상은 아닐까.

"다들 불안해해요." 레이크가 말했다. "이건 그저 시작일 뿐 아니냐고요."

"시작?" 작업 구역에서 수리 작업을 하는 사람들을 바라보았다. 나보다 나이가 많은 사람도 있고 젊은 사람도 있다. 나노 클리너를 이용하여 흙모래를 빨아들이고 부서진 천장을 막기 위해 연거푸 왔다 갔다 하는 중이다. 그 옆얼굴에 불안이 스며 있는지 아닌지까지는 알 수 없다.

"이십오 년 전, 분쟁이 끝나고 지금까지 평화롭게 살아왔어요. 하지만 그게 영원히 계속될 리가 없다는 생각도 있어요."

"또 분쟁이 시작될지도 모른다고 두려워하는 건가."

레이크는 고개를 끄덕였다. "어디의 누군가가 공격해올 가능성도 있으니까요."

"공격해온다고? 누가?"

"몰라요. 그저 가까운 시일 내에 바깥세상에서 공격해올 거라는 소문도 퍼지고 있어요."

"그런 소문 들어본 적 없는데." 아마도 처음에는 누군가가 슬쩍 내비친 망상이나 농담 같은 부류였을지도 모른다. 그것이 이 사람 저 사람에게 전해지는 동안 살이 붙어 예언 같은 것으로 변모했을 가능성도 있다.

"괜찮아." 근거는 없다. 지금까지도 아무 일 없었으니까 앞으로도 문제없으리라고 생각하고 싶을 뿐이다. "이건 그저 자연 현상이겠지."

분명히 비와 바람 때문에 흙이 무너졌을 것이다.

"그렇겠죠." 레이크는 안심한 표정이다.

작업원들이 어느새 손을 멈추고 이쪽을 보고 있다. 레이크에게 이야기를 들은 후라서 그런지 그들 얼굴에 불안이 서려 있는 듯 보였다.

레이크와 얼추 시설을 둘러본 후 나는 무언가를 잊어버린 척하고 혼자서 움직였다. 시설에서 조금 떨어진 곳에 사는 에이전트 하루토를 찾아갔다.

"대표가 일부러 이런 곳에 무슨 일이야?" 에이전트 하루토는 놀리듯 말하며 환영해주었다.

"어때, 대표 일은?"

나는 시설 천장이 무너진 일을 이야기하려다가 상황도 확실하지 않은데 쓸데없는 걱정을 끼치고 싶지 않아서 말을 삼켰다. 불온한 소문을 그도 들었을까 궁금했지만 그것도 물을 수 없었다.

어느새 추억 이야기를 하고 있었다. 나와 만났던 이야기(그때 엔진이 없는 글라이더가 움직인 수수께끼는 여전히 풀지 못했다), 에이전트 하루토가 적지에서 붙잡혔던 일(새 소리를 흉내 냈던 일을 나는 기억하지 못한다), 미지의 땅으로 도망쳐 나태한 생활을 보냈던 일(에이전트 하루토는 나태해졌었다는 자각이 없는 듯 어리둥절한 표정이다) 등 이런저런 이야기를 나누었다.

물론 문 이야기도 나왔다. 적에게 둘러싸여 절체절명이었을 때 갑자기 문이 나타났다. 도망치기 위해 문을 넘어갈 수밖에 없었고 그 일로 우리 둘은 상식도 규칙조차도 완전히 다른 세계에서 살았다.

CEO 덕분에 살아남았다. 살 곳과 일을 주었다.

"보고 싶네. CEO는 잘 있을까." 에이전트 하루토의 말에 "그러게요"라고 대답하니 가슴이 아릿해지며 허전함과 적적함이 동시에 밀려왔다. 어제 나도 오랜만에 떠올렸다고 덧붙였다.

"나이 먹었구나. 점점 옛일이 되어버려. 힘들었던 일도 지금 다시 생각하면 좋은 추억이니 희한하지."

"그때로 돌아가고 싶다고 하지 마세요." 나는 웃었다. 그것은 단순히 '그렇게 위험한 일은 이제 사양이에요'라는 마음에서 한 말이지만 에이전트 하루토는 다른 의미로 이해했는지 웃으며 말했다.

"그때로 돌아가고 싶다면 미안하지."

"미안하다고요? 누구에게요?"

"오늘에게."

오늘에게?

"예전에 이런 노래를 들었어." 에이전트 하루토는 흥얼거렸다.

그때로 돌아가고 싶다 그런 말은 안 해 / 그때로 돌아가고 싶다 그러면 오늘에게 미안하지

아침이 불쌍해 저녁이 울 거야 생각만으로 절교 말하면 즉시 벌금

아침이 불쌍하다, 저녁이 운다. 그런 말에는 웃음이 나왔지만, 옛날이 좋았다고 그리워하지 말고 오늘과 내일을 소중히 여기자는 메시지에는 동감이다.

이십오 년 후의 남자

"호수에 오면 어떻게든 된다는 말 진심이야?" 가호가 불만스럽다는 듯 말했다.

"불평하면서도 이렇게 따라온 걸 보면 이러니저러니 해도 우리의 이나와시로 호수의 징크스를 믿는 거 아니야?"

아내가 웃었다. 집에서 이나와시로 호수까지 15분 정도

걸리는 산책 코스를 걸어오니 주차장이 보였다.

"믿는다기보다 엄마랑 아빠가 자신만만해하니까 솜씨 좀 보겠습니다, 같은 느낌?"

이나와시로 호수에 가면 어떻게든 된다.

나와 아내가 지금까지 살아온 인생에서 획득한 경험 법칙이다.

"경험 법칙이나 징크스라기보다, 그거 그냥 확신 아니야?"

"원래 징크스라는 단어는 나쁜 쪽으로만 쓰인다던데." 지적했지만 딸은 한 귀로 흘렸다.

"희한하게도 이나와시로 호수에 오면 대부분의 일이 해결된다니까." 아내는 지금까지 나와 함께 겪었던 에피소드를 이야기했다.

"엄마, 그거 대부분은 잃어버린 물건을 찾은 이야기잖아. 그러니까 호숫가에서 물건을 잃어버리기 쉽다는 말이잖아."

"패스워드를 잊어버렸으니까 마찬가지야."

누군가가 가호의 태블릿을 조작할 시간이라고는 전혀 없었다. 바로 집 앞에서 브레이크 소리가 나더니 아이 울음소리가 들려와서 가호가 무슨 일인지 살펴보러 나갔다. 그저집 앞 차도로 나왔을 뿐이니까 현관문을 잠그지 않았는데, 하필 그때만 집에 아무도 없었으며 무방비 상태였다는 사실이 판명되었다.

"운전사는 육십 대 초 정도로 꽤 나이가 들어 보이는 남자였어. 렌터카였던 것 같아. 아이가 뛰어나와서 죽을힘을 다해 브레이크를 밟은 모양이더라고. 부딪히지는 않았는데 아이는 놀라서 많이 울었어. 내가 갔을 때는 이웃 사람들도 나와 있었고. 뭐, 결국에는 아무 일도 없었고 아이도 금세 울음을 그쳤고."

"네가 집을 비운 시간은 어느 정도야?"

"15분 정도인가?"

"그 사이에 범인이 집에 들어갔다고?" 믿을 수가 없어져서 내 말투가 회의적이 되어버렸는지도 모른다. "그거야 그렇게 생각할 수밖에 없잖아." 딸은 예민하게 그것을 알아채고 부루퉁하게 말했다.

"집에 돌아간 후에도 1층에 잠깐 있었으니까 2층 내 방에 누가 있어도 눈치채지 못했을 거야."

아니, 그것 말고도 생각할 수 있는 가능성이 많지 않나? 태블릿을 훔쳐 간 것도 아니고 얼굴인식이 안 되는 것뿐이니 인증 프로그램이나 카메라 고장일 가능성도 있다.

"어젯밤까지는 아무 문제없다가 갑자기 고장 날 리가 없잖아." 딸은 쌀쌀맞게 대답했다.

이나와시로 호수에서 다시 만나는 이야기

우리는 그 후에도 몇 가지 의견을 교환했다.

"범인이 있다고 치고 얼굴인식을 못 쓰게 하는 데 무슨 이득이 있을까?"

"이득을 본 사람이 있나?"

"단순한 괴롭힘 아니야?"

"침입하기 위해서 집이 비는 걸 기다린 걸까. 아니면 우연일까."

가설과 상상, 억측이 나왔지만 정답은 나오지 않았다.

"아, 그 자동차 블랙박스에 찍혔을지도!"

아내가 번뜩이는 의견을 냈다. 내가 그런 생각을 해야 했는데, 하고 분해할 정도로 좋은 아이디어였다. 가호도 "역시 엄마"라고 말하며 눈을 반짝였다. 나도 그런 말이 듣고 싶었다.

"그 자동차가 멈췄을 때 카메라 위치가 어쩌면 우리 집 현관을 찍는 위치였을지도 몰라."

앞뒤를 찍는 차량 카메라는 표준 장치가 되었기 때문에 렌터카에도 물론 탑재되어 있을 것이다.

"문제는 그 차를 어디에서 찾느냐인데." 아내가 말하면서 나를 보았다. 무슨 제안이 없는지, 만약 있어서 그것을 언급하면 '역시'라는 훈장을 받을 수 있다고 말하는 듯했다.

그런 다음 입에서 나온 말이 "이나와시로 호수에 가면 해결될지도"였다.

"좋은 아이디어야." 아내가 동의했다.

"와 놓고 할 말은 아니지만, 여기서 어떤 문제든 해결된다면 아무도 곤란하지 않겠어." 주차장에 도착하자 가호가 말했다. 세상은 그렇게 마음대로 되지 않는다고.

그러나 현실은 의외로 생각대로 흘러간다. 어쩌면 우리가 현실이라고 여기는 것이 누군가가 만들어 놓은 이야기가 아닐까.

여하튼 주차장에서 그 렌터카를 발견한 우리 가족은 놀라기보다 맥이 빠졌다.

"저 차야. 틀림없어." 가호는 제일 안쪽에 서 있는 파란색 전기차를 가리키면서 종종걸음으로 다가갔다.

나와 아내도 흥분을 감추지 못했고, 그저 찾던 자동차를 발견했을 뿐인데도 사건이 전부 해결된 기분이었다.

앞서가던 딸이 갑자기 우뚝 멈춰서 우리도 멈춰 섰다.

멈춘 이유를 바로 알았다. 뮤즈 사에서 나온 신차 뮤즈는 차체가 좀 컸는데 가려져 잘 안 보이는 곳에 운전사로 보이는 인물이 있었다.

말소리가 들려서 누군가와 통화 중이라는 사실을 알았다.

이나와시로 호수에서 다시 만나는 이야기

쉿, 가호가 손가락을 입술에 대는 시늉을 하며 우리를 돌아보았다.

"알았어, 알았다니까. 바로 돌아갈게. 괜찮잖아, 마지막 정도는 마음대로 해도." 목소리가 가볍고 경쾌해서 젊은 남성이라고 상상했는데 살짝 다가가서 살펴보니 나보다도 나이가 많은 백발이 성성한 남성이었다. "지금까지도 내 멋대로 살아서 고생만 시켰지만" 하고 말하더니 그는 웃으며 덧붙였다. "고생시키는 건 이제 끝이야."

마지막의 '끝이야'라는 말에 체념과 달관이 깃들어 있었지만 그래도 무언가 개운하게 느껴졌다.

어느새 통화가 끝난 듯 그가 우리를 향해 고개를 갸웃거리며 물었다.

"무슨 일인가요?"

지휘하는 예전 소년

어제와 같은 장소에서, 어제처럼 나와 나란히 서서 위를 바라보는 레이크의 옆얼굴은 어제보다 더 침울했다.

완전히 복구되지는 않았지만, 많은 사람이 힘을 합쳐 천장을 거의 막았는데 밤사이에 다시 무너졌다.

이것으로 사흘 연속이다.

물리적인 상처보다 심리적인 우울감이 시설 전체에 맴돌고 있어서 내가 말한 "괜찮아"라는 단어는 설득력이 사라진 듯했다.

"도대체 무슨 일이 일어나고 있는 건가요." 레이크가 나를 보았다.

대표인 내가 앞날이 불안하다고 여기는 모습을 보이면 옆에 있는 레이크는 물론 다른 사람들에게도 불안이 전파되겠지. 마음을 다잡았다.

마음이 약해지면 몸에도 영향을 끼친다.

"그거 무슨 노래예요?"

레이크가 묻기에 내가 노래를 흥얼거리고 있다는 사실을 깨달았다. 무슨 노래였지? 스스로에게 확인할 정도로 별생각 없이 노래를 부르고 있었다.

에이전트 하루토와 함께 문 너머의 세계에서 살 때 들었던 노래였다.

우리는 불사신이다 불사신이다 그런 구조다

살아 있는 동안은 불사신이다 / 한 번도 죽지 않는다

많은 일이 있어도 아무 일이 없어도 / 마지막 날까지 웃고 있자

는 약속

CEO가 이렇게 말한 적이 있다. "살다 보면 힘든 일이 많지만 그렇게 두려움에 떨면서 살 필요는 없어요. 살아 있는 동안에는 죽지 않으니까."

낯선 땅, 낯선 사람들, 낯선 규칙 속에서 주눅 들어 살던 우리를 격려해준 것이겠지.

살아 있는 동안은 불사신이다 / 한 번도 죽지 않는다

"그거야 그렇지요. 살아 있는 동안은 죽어 있지 않으니까요." 레이크가 웃었다.

레이크와 함께 옆 작업장으로 이동하자 우리 몸보다 한 아름 큰 원형의, 기계인지 기구인지 알 수 없는 물건을 몇 명이 에워싸고 있었다. 나노 드라이버와 나노 버너를 사용하는 소리가 들리고 불꽃이 흩날렸다.

"아, 저건." 레이크가 눈치채고 설명했다. "아버지가 부탁했대요."

"하루토 씨가?"

"옛날 물건인데, 수리해줄 수 없느냐고요. 시설을 사적으로 사용하다니 믿을 수가 없어요."

나는 재차 거대하고 얇은 원형 물체로 시선을 향했다. 에이전트 하루토의 의도를 모르겠다. 어디선가 본 적 있는 듯한 기억이 머릿속을 스쳤는데, 그것이 무엇인지 떠오르지 않았다.

이십오 년 후의 남자

주차장에서 만난 렌터카 남성은 우리를 거느린 모양새로 호숫가를 척척 나아갔다. 정확하게 말하자면 걸어가는 그의 뒤를 우리 가족이 따라가고 있다. 기다려 주세요, 잠깐만요, 그렇게 불러도 자신의 손에 들고 있는 휴대 단말기를 보면서 성큼성큼 걸어갈 뿐이니 쫓아갈 수밖에 없다.

"그런데, 아까 그거, 그게 말이 돼?" 나란히 걷던 아내가 말했다.

"가능성은 있지." 내가 대답했다.

자동차 블랙박스 속 영상 이야기다.

"혹시 이 차에 녹화된 영상을 보여주실 수 있나요?" 주차장에서 가호는 남성에게 이렇게 부탁했다. 순서대로 설명하자, 가족 세 사람이 손짓 발짓하며 이야기한 덕분인지, 남자는 재미있다는 듯 싱긋 웃더니 바로 고개를 끄덕이며 말했다. "아, 아이가 갑자기 뛰어나왔을 때 말이군요. 확실히 집을 드나든 사람이 찍혔다면 재미있겠어요." 그러고는 자동차 블랙박스 데이터를 전송한 태블릿 화면을 보여주었다.

재미있다는 표현에 위화감을 느꼈지만 귀찮아하지 않고 녹화 화면을 조작하여 보여주는 것이 고마웠다.

결론부터 말하자면, 우리 집 현관이 선명하게 찍혀 있었다.

갑자기 튀어나온 아이 때문에 놀라 급히 브레이크를 밟은 직후, 남성이 운전석에서 뛰어나와 아이에게 다가가는 모습과 걱정하며 집에서 달려 나온 가호의 모습이 녹화되어 있었다. 그리고 왼쪽 전방에 있는 우리 집은 자동차가 다시 출발하기 전까지 현관이 정면으로 보이는 각도로 화면에 찍혔다.

"문, 열어둔 채였어." 아내가 화면을 가리키며 말했다.

"아." 가호가 얼굴을 찡그렸다. 당황해서 문을 벌컥 열고 뛰어나오면서 닫는 것을 잊은 모양이다.

녹화된 화면 속의 우리 집은 현관이 활짝 열린 무방비 상태로 빈집 털이를 대환영하는 듯 보였다. 조바심이 나서 화면을 만져 문을 닫고 싶어졌다.

"그렇지만 누군가가 침입한 것 같지는 않네요." 우리 가족 뒤에서 들여다보던 남성이 말했다.

"그러게요. 집 근처에 사람은 안 보여요."

그러나 사람이 아니고 다른 것이 있었다. 고양이다.

어디에서 왔는지 흰색과 갈색 털이 섞인 고양이가 화면에 쓱 나타났다. 현관문이 열려 있다는 것을 알아채고 그다지 경계하는 모습도 없이 마치 자기 집인 양 집 안으로 들어가는 것이 보였다.

우리는 어안이 벙벙해서 멍하니 그 영상을 바라보고만 있었다.

"예상하지 못했던 전개네요." 남성이 흥미롭다는 듯 손을 뻗어 화면을 만져 뒤로 돌려 몇 번이나 재생을 되풀이했다.

분명히 고양이가 집으로 들어갔다.

"본 적 있는 고양이야?"

"가끔 마당을 가로지르던 고양이일지도."

아내와 딸의 대화를 귀로 들으며 나도 한 번 집 근처에서 본 것이 떠올랐다. 넉살 좋게 유유히 산책하고 있었다.

"고양이가 범인이라고?"

"에이, 말도 안 돼. 무슨 말을 하는 거야, 아빠. 고양이가 태블릿을 만질 것 같아?"

"아니, 모르죠." 남성이 말했다. "고양이가 태블릿 위에 올라가서 작동했는지도 몰라요."

"고양이가 만진다고 조작이 돼요?"

이나와시로 호수에서 다시 만나는 이야기

"예전부터 사람의 손가락뿐만 아니라 고무나 고양이의 발바닥 젤리에도 반응할 수 있게 되어 있고, 최근에는 고양이가 가지고 놀 수 있는 애플리케이션도 늘었으니까요."

"아, 맞다. 저때 영상을 보고 있었으니 잠금이 풀려 있었을지도."

고양이가 밟았는지 만졌는지, 엄청난 우연이 겹쳐 태블릿의 인증 설정이 변경되었나? 아무래도 믿을 수 없다. 아내는 "그럴지도" 하고 웃었고, 딸은 "그래도 그건" 하고 쓴웃음을 지었다. "가능성이 없지는 않아요. 요즘 시스템은 반려동물 얼굴도 인증 대상으로 설정할 수 있으니까요" 하고 남성은 어디까지가 참인지 알 수 없는 말투로 말했다.

"본인 얼굴이 아닌 것으로 등록하면 큰일 아닙니까?" 내가 말했다. 태블릿을 조작할 때마다 그 개나 고양이를 데리고 와서 잠금을 풀어야만 하니까.

"뭐, 그렇지요." 남성이 말했다. "하지만 만약 고양이가 집에 마음대로 들어갔다면……."

"그렇다면?"

"아." 갑자기 남성이 자신이 들고 있는 휴대 단말기를 보고 깜짝 놀란 듯 소리를 냈다. 무슨 일이 있냐고 물었지만 화면에 정신이 팔렸는지 갑자기 대답이 없어졌다.

그리고 화면을 바라보면서 주차장 부지를 가로질러 이나와시로 호수 쪽으로 흐느적흐느적 걸어가기 시작했다.

갑자기 왜 저러지?

나와 아내, 가호 세 사람은 그대로 돌아갈 수도 없어서 남성의 뒤를 따랐고, 어느새 호숫가를 걷고 있었다.

호수는 하늘의 파란색을 받아 그 파란색으로 소리를 내려는 듯 수면을 잘게 흔들고 있다.

역시 호수는 좋다.

일과처럼 산책하러 오는데 올 때마다 마음이 편안해진다. 악기의 튜닝을 하기 위해 사용하는 소리굽쇠(강철로 만든 'U'자형 기구로 두드리면 일정한 진동수의 소리를 낸다-옮긴이)와 닮았다. 소리가 어긋난 마음을 다스리듯 '올바른 소리'를 들려준다. 호수의 온화함으로 자신의 마음속 현을 조율한다.

이윽고 남성이 멈춰 섰다.

지그시 단말기를 보면서 주위를 둘러본다. 백발이지만 의외로 젊게 보인다. 그는 주차장에서 만났을 때부터 종잡을 수 없었지만 지금은 그야말로 사람이 달라진 것처럼 진지한 표정이었다.

"도대체, 무슨 일입니까?"

남성이 제정신을 차린 듯 움찔했다. "아." 긴장했던 얼굴이 풀어졌다. 아, 아직 있었냐고 말할 줄 알았는데 그 대신 "믿지 못할지도 모르지만" 하고 말을 꺼냈다.

"이십오 년 전 정도일까요, 젊은이 두 사람을 알게 됐어요. 다른 나라에서 온 이십 대와 십 대로, 부자지간도 친구도 아니었죠. 형제 같은 두 사람이었는데, 살 곳이 없어서 우리 집에서 살게 했어요."

"다른 나라?"

"외국인인가요?"

"도대체 무슨 말이에요?"

우리 가족의 말이 일제히 겹쳤다.

"결국 자신들이 살던 곳으로 돌아갔는데, 지금 다시 생각하면 전부 꿈이었나 싶을 정도로 이상한 한 해였죠."

"그게 무슨."

"좋은 추억이었어요. 저는 회사를 경영하면서 갖가지 도전도 했고 손해를 봐도 다시 복구했으며 불평도 들었고 칭찬도 받았죠. 뭐, 힘들었지만 나름대로 재미있는 인생이었어요. 하지만 지금은 원하는 것도 없고, 가고 싶은 장소도 없어요. 행복하냐고 물으면 그렇지도 않은 듯하고요. 복에 겨웠죠. 게다가 이제 와서 옛날이 좋았는데 같은 생각도 하고요. 이상하죠? 언제 죽어도 괜찮다고 생각하며 그날그날을 즐기며 살아왔는데 말이죠."

남성은 막 사업을 시작한 젊은이 같은 분위기가 풍겼다.

"침대에 누웠는데 이런 나 자신이 싫어지자, 문득 그때 만난 그들과 다시 만나고 싶어졌어요."

"만날 수 있어요?" 가호가 물었다. "다른 나라에 가요?"

"그들과 헤어질 때 위치 정보 발신기를 건넸어요. 요만한 동전 모양이에요." 그는 엄지와 검지를 붙여 원 모양을 만들었다. "검색하면 어디 있는지 알 수 있지 않을까 싶었죠."

"스토커잖아요." 아내가 놀리듯 말했다.

"뭐, 그때는 정말로 체크할 생각이 없었으니까요. 그대로 내버려두었죠. 사는 동안 그 일도 완전히 잊었고요. 그런데 최근 검색을 해봤어요."

"이십오 년 전의 물건이 반응해요?"

"물론 아무 반응도 없었어요. 건전지도 벌써 닳았을 테니 움직일 리 없죠. 바보 같다고 생각했어요." 그가 웃었다. "그저 그들이 갔던 이나와시로 호수에 와보기로 했어요."

"그래서 이곳에 왔군요." 구체적인 것은 전혀 모르지만 그가 지금까지 살아온 인생을 상상했다. 그 옛날, 일 년 동안 함께 살다가 어딘가로 가버린 그들을 만나고 싶다는 생각에 이나와시로 호수까지 왔다니, 어떤 심경일까.

이나와시로 호수에서 다시 만나는 이야기

"그런데 정말로 깜짝 놀랐어요." 그가 말하며 휴대 단말기 화면을 우리에게 보여주었다. "아까 주차장에서 자동차 블랙박스 화면을 보고 있을 때 신호가 잡혀서 체크했더니 위치 정보가 나타났지 뭐예요."

"그게 무슨 말이에요?"

"위치 정보를 수신했어요."

"네?"

"이십오 년 전의 물건이죠?"

"위치라니 무슨 위치요?"

"이것 보세요." 그가 단말기 화면을 더욱 가까이 댔다. 중심에 이 단말기의 현재 위치를 표시하는 파란 마크가 있었고, 거기서 조금 떨어진 솔숲 부근에서 그것과 다른 점이 깜빡거리고 있었다.

"어떻게 된 거죠?"

"여기서 발신된 것 같아요. 아니면 그 발신기가 묻혀 있을지도요."

이십오 년 전의 물건이 아직도 작동하다니 말도 안 된다. 지금까지 전혀 알 수 없었던 위치 정보가 갑자기 출현한 것도 기묘한 이야기다.

"이 근처다." 남성은 앞쪽을 가리키며 발을 내디뎠다. 그때 옆에 무언가가 지나갔다. 우왓, 나는 놀라서 소리를 질렀는데 다시 보니 고양이였다. 그것도 그, 자동차 블랙박스에 찍혔던 흰색과 갈색 털의 고양이여서 나는 아내와 얼굴을 마주 보았다.

고양이는 활기차게 종종걸음으로 우리 앞을 지나가더니 좋아하는 장소인 듯 흙이 조금 무너져 작은 구멍이 생긴 곳을 앞발로 긁기 시작했다. 부근에 자란 잡초가 바람에 흔들려 그것이 고양이의 사냥 본능을 자극했는지도 모른다.

나는 별생각 없이 고양이에게 다가가 뒤에서 끌어안았다.

야옹, 소리를 냈을 뿐 고양이는 반항하지 않았다. 그 얼굴을 들여다본 가호가 "귀여워라" 하고 말했다.

남성은 그 구멍으로 손을 뻗었다. 왜 그러나 싶었는데 "이거다" 하고는 무언가를 주워 올렸다. 그러더니 집어 든 동전 같은 물건을 태양을 가리듯 얼굴 위로 들어 올렸다. 앞뒤를 몇 번이나 들여다보았다.

"거기에 떨어져 있었어요?"

"계속 가지고 있었는지도 몰라요." 남성은 허리를 조금 구부리고 얼굴을 구멍에 가져다 댔다.

지휘하는 예전 소년

시설을 찾아온 에이전트 하루토와 이야기를 나누고 있는데 문이 열리고 레이크가 들어와서 외쳤다. "큰일 났어요! 무너지고 있어요!"

나는 의자가 뒤로 넘어질 정도의 기세로 일어나 달렸다. 레이크의 뒤를 따르는 모양새로 작업장에 뛰어들었다.

말 그대로 천장이 무너지고 있었다. 지금 막 복구했는데 흙이 주르륵 떨어지고 있다. 보이지 않는 거대한 손이 긁고 있는 것 같다.

순식간에 다시 구멍이 생겼다.

흙더미에 깔리지 않게 작업원들에게 작업장 밖으로 나가라고 했다. 하루살이와 매미를 피난시키라고 지시했다.

"도대체 이게 뭐야." 한걸음 늦게 도착한 에이전트 하루토도 무너져서 구멍이 뻥 뚫린 천장을 올려다보았다.

소리와 진동이 동시에 울리며 서서히 구멍이 넓어지는 것을 보고 이대로라면 전부 다 붕괴되는 것이 아닌가 나는 두려워졌다. 흙먼지와 모래가 심하게 날려서 눈을 감았는데 갑자기 조용해졌다.

주저하며 눈을 뜨니 작업장의 흔들림이 멈추었다. 천장

에서 여운인 듯 흙이 부슬부슬 떨어지고 있지만 조금 전처럼 눈 깜빡할 사이에 구멍이 커지지는 않았고 붕괴 현상은 그쳤다.

에이전트 하루토도 무슨 일이 일어났는지 이해하지 못한 모양이다.

"그, 그게 없어요." 레이크가 그때 말했다.

"그거라니?"

"아버지가 수리하라고 했던 원 모양의 기계요. 조금 전 다 고쳐져서 저곳에 놓아두었는데요." 레이크가 가리킨 곳은 텅 비어 있을 뿐이다.

"조금 전 둥실 떠올라 어디론가 갔어요." 엉덩방아를 찧은 듯한 모습의 작업원이 나를 보더니 뚫린 천장으로 보이는 허공을 가리켰다.

"누군가가, 거대한 누군가가 주워 올린 것처럼요."

"거대한 누군가?" 내가 말을 따라 하자 그는 "물론 그런 모습은 보이지 않았지만요" 하고 민망한 듯 고개를 저었다.

"CEO일지도 몰라."

옆에서 에이전트 하루토가 불쑥 말했다.

"네?"

"수리를 부탁한 건 예전에 CEO에게 받은 거야. 문 너머의 세계에서 돌아올 때 받았잖아? 이쪽으로 돌아온 우리에게는 커다랗지만 그쪽에서는 요만한 크기였어." 에이전트 하루토는 손가락으로 원을 만들었다.

"아, 그거요. 그걸 수리했군요."

"전지가 닳았는데, 어떻게든 움직이게 할 수 없을까 싶어서. 위치를 알았으니까 CEO가 온 것 아닐까?"

"그래서 여기가 무너지는 걸 막아줬단 말인가요?"

나는 에이전트 하루토와 나란히 서서 하늘을 바라보았다.

그런 일이 가능할까?

물론 모습은 보이지 않는다. 그러나 나는 손을 흔들어 보았다. 에이전트 하루토도 마찬가지였다.

잘 있나요?

그렇게 진심으로 신경을 써도 이제 그쪽에는 닿을 리가 없어

아니, 그쪽도 신경 쓰고 있을지도 모른다.

이십오 년 후의 남자

"뭐 하세요?" 아내가 남성에게 말을 걸었다.

위치 정보 발신기를 든 그가 지면의 구멍을 향해 손을 흔

들고 있어서였다.

"그들이 있는 것 같아서요."

그들이라니, 누구?

"방금 말한 예전에 우리 집에서 손님으로 있던 두 사람이요."

"두 사람요? 어디에요?"

주위를 둘러봐도 솔숲과 호수, 더 말하면 하늘과 구름밖에 없는데, 남성의 시선은 분명히 발치의 구멍을 향해 있었다.

거기에 있다고? 구멍에 무언가가 있나. 쪼그려 앉아 들여다볼까. 아니 있다고 해도 작은 곤충뿐이겠지.

기묘한 이야기를 하는 사람이라는 생각에 경계심이 조금 생겼다. 동시에 이 이나와시로 호수에서 만난 이인조가 떠올랐다. 아주 오래전 일이다. 다른 나라의 문을 넘어서 온 두 사람, 거짓말 같지만 진짜다. 옆에 있는 아내를 보니 그녀도 같은 생각을 하는지 무언가 말을 하고 싶은 듯 눈을 반짝였다.

"아빠, 이 고양이 우리가 기르자. 아니, 나 집에 가서 이 고양이로 얼굴인식 잠금이 풀리는지 시험해볼 거야." 가호가 느닷없이 말하더니 어느새 고양이를 안고 왔던 길을 돌아가기 시작했다.

잠깐 기다려, 나는 말했다. 쫓아가려다가 남성이 신경 쓰였다. 남성은 구멍을 지그시 바라보고 있었다.

그때로 돌아가고 싶다 그런 말은 안 해 / 그때로 돌아가고 싶다 그러면 오늘에게 미안하지

그래서 어떻게 할 거야? 그래서 어떻게 할 거야? / WE GO!! WE GO!!

남성은 흥얼거리고 있었다.

저기요, 나는 남성에게 물었다. "조금 전 주차장에서 무언가 말하려고 하셨죠. '혹시 고양이가 집에 들어갔다면' 하고요. 들어갔다면 뭔가요?"

그 말을 하다 그가 갑자기 걷기 시작하더니 이곳까지 온 거였다.

"아, 그거요." 남성이 어깨를 으쓱했다.

"고양이가 태블릿 카메라를 핥거나 긁었을지도 몰라요. 렌즈가 더러워졌다면 얼굴인식이 잘 안될 테니까요."

나는 가호의 뒤를 쫓아갔다.

수록곡

⟨팔 년째⟩ 오하라☆브레이크 '22 가을

「소원」TOMOVSKY
「뇌」TOMOVSKY
「WE GO」TOMOVSKY
「불사신 원래 노래」TOMOVSKY

옮긴이 **강영혜**

피아노 전공. 소설을 좋아한다. 우연히 일본 소설을 접하고 독특함에 반해 숨어 있는 보석 같은 작품을 찾고자 번역을 시작했다. '전달'이라는 연주자와 번역가의 공통점에 흥미를 느껴 일본어와 한국어의 어울림 화음을 찾으려 노력 중이다. 옮긴 책으로 《스키마와라시》, 《시즈카 할머니에게 맡겨 줘》, 《시즈카 할머니와 휠체어 탐정》, 《호무라 탐정의 사건 수첩》(공역)이 있다.

마이크로스파이 앙상블

1판 1쇄 인쇄 2023년 6월 7일
1판 1쇄 발행 2023년 6월 15일

지은이 이사카 고타로
펴낸이 문준식

디자인 엄혜리
제작 제이오

펴낸곳 내 친구의 서재
등록 2016년 6월 7일 제 2020-000039 호
주소 서울시 성북구 정릉로 305, 104-1109 우편번호 02719
전화 070-8800-0215 **팩스** 0505-099-0215
이메일 mytomobook@gmail.com **인스타그램** mytomobook

ISBN 979-11-91803-17-4 03830